Cuentos panameños

letra Grande

En esta misma colección.–

1. Historias de la gente
2. Relatos fantásticos latinoamericanos 1
3. Relatos fantásticos latinoamericanos 2
4. Cuentos fantásticos de ayer y hoy
5. Relatos de hace un siglo
6. Cuentos del asfalto
7. Aventuras del Quijote
8. Cuentos perversos
9. Cuentos de amor con humor
10. Relatos de mujeres (1)
11. Relatos de mujeres (2)
12. Fantasmagorías y desmadres
13. Relatos a la carta
14. Cuentos confidenciales
15. Cuentos de taberna
16. Cuentos de la calle de la Rúa
17. Cuentos a contratiempo
18. Personajes con oficio
19. Cuentos sobre ruedas
20. Historias de perdedores
21. Cuentos increíbles
22. Cuentos urbanícolas
23. Historias de amor y desamor
24. Cuentos marinos
25. Cuentecillos para el viaje
26. Cuentos con cuerpo
27. Cuentos brasileños
28. Relatos inquietantes
29. Cuentos de la España Negra
30. Historias de dos
31. Los sobrinos del Tío Sam
32. Cuentos nicas
33. Cinco rounds para leer
34. Cuentos astutos
35. Cuentos árabes
36. Cuentos andinos
37. Cuentos divertidos
38. Viajes inciertos
39. Relatos de amor y muerte
40. Historias de la escuela
41. Cuentos medievales
42. Cuentos modernistas
43. Historias con nombre de mujer
44. Relatos subterráneos
45. Cuentos rusos
46. Historias de Madrid
47. Cuentos melancólicos
48. Cuentos japoneses
49. Relatos de la tierra y del entorno
50. Cuentos cubanos
51. Cuentos sorprendentes
52. Cuentos ecuatorianos
53. Cuentos de terror
54. Relatos de mujeres (3)
55. Cuentos dominicanos
56. Relatos de otro milenio
57. Siete latinoamericanos en París
58. Cuentos costarricenses
59. Cuentos policiales
60. Historias extraordinarias
61. Cuentos galácticos
62. Cuentos catalanes
63. Cuentos crueles
64. Cuentos panameños
65. Cuentos hondureños
66. Cuentos de las Dinastías Ming y Qing
67. Cuentos impunes

serie maior

1. Con otra mirada. *Cuentos hispanos de los Estados Unidos*
2. Voces cubanas. *Jóvenes cuentistas de la Isla*
3. Allegro ma non troppo. *Cuentos musicales*
4. Cuentos del Islam
5. Afsaneh. *Cuentos iranies*
6. Luna Creciente. *Cuentos chinos contemporaneos*
7. El silencio en palabras. *Relatos del África francófona*
8. En la línea de la libertad. *Cuentos antifascistas*

Cuentos panameños

Segunda edición

Rogelio Sinán
José María Sánchez
Ernesto Endara
Enrique Chuez
Justo Arroyo
Rosa María Britton
Pedro Rivera
Dimas Lidio Pitty
Bertalicia Peralta
Moravia Ochoa López
Enrique Jaramillo Levi
Rey Barría
Juan Antonio Gómez

Claudio de Castro
Consuelo Tomás
Yolanda J. Hackshaw M.
Félix Armando Quirós Tejeira
Allen Patiño
Ariel Barría Alvarado
David C. Róbinson O.
Bolívar Aparicio
Aida Judith González Castrellón
Rogelio Guerra Ávila
Carlos Oriel Wynter Melo
Roberto Pérez-Franco

Selección y presentación: Enrique Jaramillo Levi

Editorial Popular

©   Editorial Popular
     C/ Doctor Esquerdo, 173 6º Izqda. Madrid 28007
     Tel.: 91 409 35 73 Fax: 91 573 41 73
     E–Mail: epopular@infornet.es
     http://www.editorialpopular.com

     Diseño de colección: M. Spotti

     Imprime: Cofás

     I.S.B.N. (10): 84–7884–288–8
     I.S.B.N. (13): 978–84–288–9
     Depósito Legal: M-39.290-2004

     IMPRESO EN ESPAÑA – PRINTED IN SPAIN

PRESENTACIÓN

ENRIQUE JARAMILLO LEVI

Panamá, pequeño país de menos de tres millones de habitantes, vive una eclosión asombrosa de buenos cuentistas. Podría hablarse con propiedad de al menos 70 cuentistas de muy diversas edades y tendencias que actualmente cultivan con méritos literarios este difícil género que empezó a escribirse en el país hacia 1892.

Como ocurre en el resto del continente americano, la ficción breve panameña se caracteriza por su diversidad temática y estilística. Pese a su calidad, hasta ahora se conoce poco fuera de las fronteras nacionales[1]. Cronológicamente, Salomón Ponce

---

[1] Véase mis antologías: *Hasta el sol de mañana (50 cuentistas panameños nacidos a partir de 1949),* Fundación Cultural Signos, Panamá, 1998; *Panamá cuenta: Cuentistas del Centenario 1851–2003,* Editorial Norma, Panamá, 2003; y *Pequeñas resistencias 2. Antología del cuento centroamericano contemporáneo,* Editorial Páginas de Espuma, Madrid, 2003.

Aguilera (1867–1945) fue el primer cuentista cuyos textos ponían de manifiesto una intencionalidad estética y características afines al género, si bien no recogió en libro su obra. En cambio, Darío Herrera (1870–1914) es quien, con *Horas Lejanas* (1903), inicia la tradición de publicar libros de cuentos. Otros dos cuentistas fundacionales son Gaspar Octavio Hernández (1893–1918) y Ricardo Miró (1883–1940), ambos principalmente poetas.

Si bien en los cuatro se alternan rasgos románticos, modernistas y realistas, el que más sobresalió en su época fue Herrera, cultor exquisito del lenguaje modernista propio de la poesía que a fines del siglo XIX revolucionó la literatura hispanoamericana.

Durante una buena parte de los primeros cuarenta años del siglo XX prevalece en Panamá una cuentística rural, de tema campesino y netamente regionalista. Destacan en esta vena autores como Moisés Castillo (1899–1974), Lucas Bárcena (1906–1992), Ignacio de J. Valdés Jr. (1902–1959), José María Sánchez (1918– 1973), César A. Candanedo

(1906–1993), Mario Augusto Rodríguez (1917), José María Núñez Quintero (1894– 1990), Carlos Francisco Changmarín (1922), entre otros. En general, su obra explora la idiosincrasia y costumbres de la gente del campo, privilegia la naturaleza como protagonista principal y tiende a ser más dada a la descripción de ambientes, más dentro de una tónica realista, que propiamente narrativa.

7

Los cuentos de Rogelio Sinán (1902–1994) representan una ruptura con respecto a temas, enfoques y técnicas anquilosadas, al introducir ambientes cosmopolitas, sutiles incursiones en lo mágico, lo onírico y lo mítico, y una permanente búsqueda del necesario nexo entre la experiencia humana y el logro estético del relato. En este sentido, cuentos suyos como "La boina roja", "A la orilla de las estatuas maduras" y "Hechizo", entre otros, son obras maestras de la ficción breve de Panamá.

La generación de autores nacidos entre 1932 y 1944 acrecienta con sus libros de cuentos el acervo narrativo nacional y aporta importantes nuevas pautas temáticas y formales para las siguientes generaciones de cuentistas. Escritores como Justo Arroyo (1936), Enrique Chuez (1934), Pedro Rivera (1939), Ernesto Endara (1932), Alvaro Menéndez Franco (1933), Moravia Ochoa López (1941), Dimas Lidio Pitty (1941), Bertalicia Peralta (1940) y Enrique Jaramillo Levi (1944) marcan un hito en la cuentística panameña de las décadas de los setentas y los ochentas; y todos continúan escribiendo hoy.

Más tarde llegan a la cuentística nacional (publican libros) autores que cronológicamente pertenecen a generaciones anteriores: Rosa María Britton (1936), Isis Tejeira (1936), Griselda López (1938), Benjamín Ramón (1939), Gloria Guardia (1940), Beatriz Valdés (1940), Jorge Thomas (1942) y Mauro Zúñiga (1943).

Otros escritores sobresalientes, pero que sólo han publicado un libro de cuentos son: Graciela Rojas Sucre (1903–1994), quien publica el primer verdadero libro de cuentos escrito por una mujer: *Terruñadas de lo chico* (1931); Ramón H. Jurado (1922–1978),

Ricardo J. Bermúdez (1914–2000), Manuel Ferrer Valdés (1914– 1977), entre los fallecidos; y José Guillermo Ros–Zanet (1930), Jorge Turner (1922) y Boris Zachrisson (1928), entre los vivos. También fueron buenos cuentistas: Gil Blas Tejeira (1901–1975), Renato Ozores (1910–2000) y Víctor Rodríguez Sagel (1949–2002).

El mayor número de cuentistas jamás aparecido en una misma época empieza a publicar libros a mediados de la década de los setentas y principios de los ochentas y continúa activo hasta fecha; otros publican en los noventas, y otros más a partir de 2002. Sólo menciono aquí a los que ya tienen en su haber al menos un libro de cuentos: Héctor Rodríguez C. (1955), Juan Antonio Gómez (1956), Edgar Soberón Torchia (1951), Raúl Leis (1947), Claudio de Castro (1957), Giovanna Benedetti (1949), Rey Barría (1951), Allen Patiño (1959), Consuelo Tomás (1957), Ramón Fonseca Mora (1952), Ariel Barría Alvarado (1959), Herasto Reyes (1952), Félix Armando Quirós Tejeira (1959), Digna R. Valderrama (1965), Francisco J. Berguido (1969), Aida Judith González Castrellón (1962), Carlos Oriel Wynter Melo (1971), Roberto Pérez–Franco (1976), Melanie Taylor (1972), José Luis Rodríguez Pittí (1971), Rogelio Guerra Avila (1963), Leadimiro González (1962), Rafael de León–Jonés (1969–2002), Bolívar Aparicio (1962), David C. Róbinson O. (1960), Oscar Isaac Muñoz (1960), Cáncer Ortega Santizo (1950), Ra-fael Alexis Alvarez (1959), Yolanda J. Hackshaw M. (1958), Carlos Fong (1967), Érica Harris (1963), Marisín Reina (1971), Humberto Urroz, Eduardo Soto, Francys de Scoksberg (1954) y Héctor Collado (1960), entre otros.

Podrá parecer insólito –y lo es–, pero todos y cada uno de estos autores tienen cuentos memorables. La gran diversidad racial, cultural y social de Panamá se refleja, con imaginación y oficio, en la amplia gama de sus temas y procedimientos literarios.

Para esta antología he escogido cuentos breves variados de 25 escritores panameños. Los autores antologados han publicado todos al menos dos libros de cuentos. He procurado incluir diferentes temas y estilos al elegir un texto de cada quien, y consigno de manera resumida sus respectivos datos bio–bibliográficos.

La selección es el resultado de una amplia indagación a lo largo de muchos años como investigador y cuentista. Espero que su lectura sea plenamente satisfactoria en España y en otros países en los que, hasta ahora, la literatura de Panamá era una materia pendiente.

Panamá, 25 de abril de 2004
Enrique Jaramillo Levi

UN REPTIL DECAPITADO

ROGELIO SINÁN

Tras el cruce del llano, el pequeño auto, envejecido y maltrecho, logró avanzar apenas hasta el comienzo de una cuesta escabrosa. A pie, bajo los rayos de un sol caliginoso, llegué con mis amigos a un bohío solitario junto al río en un recodo de tan espesa vegetación que parecía un trozo de selva. Me eché cansado en una hamaca de la que ya no quise levantarme, arguyendo que yo nada sabía de avalúos. El campesino, dueño de aquellas tierras, deseaba un préstamo del Banco. Dijo que loma arriba nos esperaba su mujer, cocinando. Guiados por el hijo mayor, mis amigos siguieron adelante.

Tras mi segundo vaso de chicha fuerte sentí urgencia tan apremiante, que lo participé con cierta angustia. El hombre, de pie descalzo y algo aindiado, que ya salía machete en mano con el hijo menor, dijo mostrando la maleza:

–Lo hacemos en el monte; pero tenga cuidado con las culebras.

Siempre las he temido. Se lo dije. Me vio tan asustado que se dispuso a acompañarme. Siguió adelante con el niño y zocolaba, limpiaba la maleza para que yo pasara sin temor.

Vi que de pronto se detuvo e hizo una seña. A pocos pasos, una enorme culebra pendía de un árbol, lista a caer sobre su presa.

Aterrado, propuse regresarme, pero el hombre le dijo al niño:

–Sigue.

–Por mí, no arriesgue a su hijo –argumenté.

Fue inútil. Haciendo caso omiso de mi advertencia, de modo imperativo, hizo que el niño se fuera aproximando hasta el ofidio que, a su vez, descendía dispuesto a echárselo.

El brazo y el machete al desplazarse dejaron ver apenas un destello fugaz. Separada del cuerpo y ya en el suelo, la cabeza de la voraz serpiente abría y cerraba la boca como en un vano intento de venganza. Sin darle al hecho la menor importancia, el indio me señalaba un sitio donde podía librarme de mi urgencia.

    –Ya no hace falta –dije.

15

Rogelio Sinán, seudónimo de Bernardo Domínguez Alba. Nació en la isla de Taboga, Panamá, el 25 de abril de 1902. Falleció en la ciudad de Panamá el 4 de octubre de 1994. Introduce el Movimiento de ''Vanguardia'' en Panamá con sus poemas y cuentos. El Premio Centroamericano de Literatura "Rogelio Sinán" (de la Universidad Tecnológica de Panamá) y la Condecoración Rogelio Sinán, honran su memoria.

Obra: Poesías: *Onda, Incendio, Semana Santa en la niebla, Saloma sin salomar* y *Poesía completa de Rogelio Sinán*. Cuentos: *A la orilla de las estatuas maduras, Todo un conflicto de sangre, Dos aventuras en el lejano oriente, La boina roja y cinco cuentos, Los pájaros del sueño, Cuna común, Cuentos de Rogelio Sinán, Homenaje a Rogelio Sinán, Poesía y cuento* y *El candelabro de los malos ofidios y otros cuentos*. Novelas: *Plenilunio* y *La isla mágica*. Teatro infantil: *La cucarachita mandinga, Chiquilinga* y *Lobo go home*. Ensayo: *Los valores humanos en la lírica de Maples Arce*.

NADA

JOSÉ MARÍA SÁNCHEZ

Cuando se asomó a la puerta, la lluvia tendía una cortina espesa sobre el fondo borroso de la loma. Los árboles comenzaban a oscurecer.

Llena de angustia, trató de penetrar la tristeza del paisaje. Cerca, el río brincaba, encabritándose en el recodo. Nada. Sólo, a veces, la sombra fugitiva de un tronco sobre las aguas turbulentas.

De regreso, a la luz del fogón el cuerpo dibujó una figura grotesca. Caminaba con lentitud, meciéndose como hamaca. Se acomodó en la cama haciendo un gesto infantil de miedo.

La voz de la india le hizo volverse, sobresaltada:

—¡Tonta! No tengas miedo. Yo'a tenío muchos.

Afuera, el rumor de la creciente se metía por todos los rincones de la noche. Los árboles de las orillas se empinaban a la defensiva, templando los cables nudosos de las raíces.

* * *

Con el alba, el marido había salido en busca de la comadrona. La dejó con la certidumbre de que el alumbramiento vendría en cualquier momento. Después, llovió torrencialmente y tuvo el primer dolor. Casi cae de rodillas. Un poco asombrada se agarró el vientre, pugnando por ahogar el grito que le hervía desde muy adentro. Aquello pasó pronto. Salió al patio. Al otro lado del río una india lavaba bajo el aguacero. Llamó. La mujer no oía, ensordecida por el ruido parejo de la lluvia. Llamó desesperadamente hasta enronquecer. Fue en vano. Desalentada, regresó al rancho y se acostó con las ropas mojadas y los pies llenos de lodo. Casi todo el día hiló con prisa una plegaria. Tenía los labios hinchados a fuerza de refrenar la mordida de las entrañas. Atardeciendo hizo tregua el aguacero. Volvió a salir. Aún estaba la india lavando. Llamó. La mujer levantó la cabeza. Cruzó el río y subió al rancho. Juntas continuaron repasando la madeja interminable de la oración. No; ella no tenía miedo. Al contrario; se sentía feliz. Solamente quería que el marido estuviera presente a la llegada del hijo.

De pronto escuchó con atención hacia el bajo. El acento bronco del río subía, incontenible, la loma, arrastrándose pesadamente en dirección al rancho. La hendidura de la puerta adelgazó ese sonido amenazador, ese soplo siniestro semejante a una brisa húmeda que, barriendo el piso, subía hasta el jorón y la pared recalentada de cañajira. El fogón, inquieto, estrujaba sombras en la pared.

Un crujido de árbol cambió la queja del río. Se sintió un griterío de piedras que ruedan. Las piedras, locas, salpicaron choques. Los choques saltaron al cuarto, se hundieron en los oídos. ¿Era ella una piedra rodando sobre abismos roncos, o era ella el centro de un choque de peñas y alaridos? Así rodando, rodando, se descuajaron las caderas. El cuerpo se transformó en un solo inmenso nervio retorcido. Se hizo más tirante y le llegó, pobrecita, una oleada de sonidos como campanadas. Luego, del sonido quedó solamente el dolor. Del dolor, una carne prieta y rojiza de cholo recién nacido. Lejos, a una distancia inasible, se desvaneció la caravana de piedras que ruedan. Las carnes, cansadas, se apaciguaron. Sobre el techo mordía con rabia el aguacero.

* * *

En la madrugada la puerta se abrió. El hombre, agarrotado por el frío y la fatiga, se acercó a la cama. Habló, y el tono de su voz traslucía pesar, remordimiento: María, pobrecita. ¡El río ta crecío!

Ella volvió la cabeza y sonrió al ver el gesto de su cara. Fue que se quedó mirando el pequeño bulto que yacía a su lado. Mirándole los ojos, le dijo:

—No fue na'a. Naa'ita.

El viento, madrugador y huraño, rascaba la nuca áspera del cañablancal.

José María Sánchez nació en la isla Solarte, Bocas del Toro, el 25 de julio de 1918. Falleció en la ciudad de Panamá el 8 de noviembre de 1973. Abogado y empresario. Fue Embajador en Colombia y Argentina.

Entre sus cuentos podemos citar: *Tres cuentos*, *Sumió–Ara* y *Cuentos de Bocas del Toro*.

EL MOSQUITO

ERNESTO ENDARA

"La fuerza eléctrica repulsiva entre dos electrones es debida al intercambio de fotones virtuales, que no pueden nunca ser detectados directamente; pero, cuando un electrón se cruza con otro, se pueden producir fotones reales, que detectamos como ondas luminosas..."

Stephen W. Hawking
Historia del tiempo

Era un gordo ¿cómo se dice? ah sí, sanguíneo. Cuando lo enfocaron en *close up*, sus cachetes rosados llenaron toda la pantalla. El tipo hablaba sobre un dinero perdido que pertenecía a la mafia del narcotráfico. No se veía nervioso. Parecía tener dominado el problema, aunque la solución fuese la muerte de algún vecino. De pronto –advierto que a principios de invierno por mi casa hay muchos insectos–, un mosquito comenzó a pasearse por la pantalla del televisor. Parece que le gustó el cachete izquierdo del gordo, porque allí se instaló. Me acerqué a la pantalla. No pude distinguir si era un mosquito actor, o era de los nuestros, es decir, de la vida real. Me puse los anteojos. Entonces lo vi bien. El mosquito, muy orondo, pasó al cachete derecho del gordo, que en ese momento dijo: «Es una lástima, tendremos que matarlo, o él o nosotros...». Por mi parte, busqué con qué matar al diablo de mosquito. Lo mejor que encontré fue un librito: *Platero y yo*. Lamenté tener que liquidar a un mosquito con el delicado libro de Juan Ramón, pero se trataba de él o de mi tranquilidad. Me acerqué con cautela al televisor. Cuando estaba dispuesto a asestar el golpe mortal, el gordo se dio con la mano abierta en la mejilla y el mosquito cayó derribado, en el borde inferior del televisor.

Estas jugarretas de la imaginación no me gustan para nada. ¿Cómo puede un personaje de la TV matar a un mosquito espectador? No lo sé. Ni me voy a preocupar, no soy un tipo fantasioso. Tomo el mosquito en la punta del índice: está aplastado, muerto; miro a la pantalla: el cachete del gordo luce una pequeña roncha roja, como la picadura de un mosquito... ¿No me cree? Bueno, ésta es una prueba: 🦟 . La otra habría que buscarla en el cachete del gordo, en un video de Miami Vice.

Ernesto Endara nació en la ciudad de Panamá el 29 de mayo de 1932. Ha sido marinero, bombero, profesor y periodista. Ganador en múltiples ocasiones del Concurso Literario "Ricardo Miró" como dramaturgo, cuentista, novelista y ensayista. En el año 2000 ganó el Premio Centroamericano de Literatura "Rogelio Sinán" como cuentista. Fue sub–director y director del semanario "El Heraldo". Escribe en la revista "Mosaico" (diario "La Prensa").

Obra: Teatro: *Una bandera*, *Teatro 1960–1970*, *¡Ay de los vencidos!*, *La mujer de sal*, *La piel del sueño*, *El fusilado*, *Demasiadas flores para Rodolfo*, *Donde es más brillante el sol*, *Sir Henry, el pirata* y *In God we trust*. Novelas: *Tic tac*, *Pantalones cortos*, *Pantalones largos*, *Ida y vuelta*. Cuentos: *Sin tiempo para la piedad*, *Cerrado por duelo*, *Las aventuras de Pib Mini*, *Un lucero sobre el ancla*, *Panamá milagrosa* y *Receta para ser bonita y otros cuentos*. Poesías: *Album de nostalgias*, y *Entrevista al mar, la noche y los fantasmas*. Ensayo: *Con el diablo en el cuerpo*.

ADIOS ÚRSULA

ENRIQUE CHUEZ

Anoche murió Úrsula. Murió con prudencia, sin hacer escándalo, sin despertar a los otros. No quiso despedirse de los niños que dormían en el petate, del abuelo que duerme junto a la puerta desde que murió el perro de la casa. El abuelo, al lado de su cachimba, echado como un animal le ladra a los borrachos trasnochadores, le ladra al policía que cuida la manzana de casas de madera.

De hace días a esta parte, Úrsula se venía quejando de un dolor en el pecho y ya ni le hacíamos caso. Estábamos acostumbrados. Sólo había que esperar a que la toma del té de valeriana le surtiera efecto. El té de valeriana cura a largo plazo dice mi experiencia, que se ocupa de darle la bebida caliente todas las noches antes de acostarse, de hacerse la señal de la cruz y rezar el Padre Nuestro.

Le doy unos sobijos de alcohol con hojas del guarumo viejo sobre el pecho y le digo que respire hondo, respira hondo, le digo a Úrsula, mi mujer que dizque está enferma. A lo mejor es puro melindre aunque noto que cada día está más triste y habla poco. Pero debe ser que esa tristeza que siempre lleva consigo está envejeciendo también dentro del rostro reseco y duro como palo de guayabo.

Casi al filo de la medianoche, cuando ladra el abuelo a las putas que pasan con sus clientes, me tocó la mano y yo pensé que era para cosa mala y le dije que deja la vaina que ahora no tengo ganas, que me duele el lumbago. Pero ella no me contestó y me dejó la mano allí, quieta, sin peso. Al rato le oí como unos ronquidos extraños y le dije que vea la vaina, ahora no me vas a dejar dormir.

Hacía rato que el abuelo había orinado en la bacinilla con ruido seco de chorro, cuando la oí como ahogándose y me dieron ganas de no hacerle caso pero su mano quieta se agarró con fuerza a la mía. Así, con la desesperación de alguien que no se quiere ir y se va sin remedio ni maletas a un país lejano con otras gentes. ¿Qué te pasa?, le pregunté de mala gana. Al no oír respuesta me levanté, prendí la guaricha y le vi la cara con los ojos abiertos mirando a ningún lado. La boca la tenía abierta en una forma rara. Los dientes postizos se le habían soltado de la encía de arriba y los tenía colocados sobre el labio inferior como riéndose sin ganas de algo o de alguien.

Además, sobre la almohada, bajo la dirección de los ojos, vi una mancha húmeda. La llamé. ¿Úrsula? Y no me contestó. Y no me regañó por tratar de despertarla.

En eso el abuelo se puso en cuatro patas y se acercó a la cama como un perro. Me miró con tristeza y, gimiendo como un cachorro, le lamió la mano a Úrsula.

Fue entonces cuando me di a entender que ella se había ido, que había llorado su último adiós.

Enrique Chuez nació en Santiago de Veraguas el 31 de agosto de 1934. Profesor universitario de Geografía e Historia.

Obra: Poesías: *Al hombro mi socavón* y *Decimario*. Cuentos: *Tiburón y otros cuentos*, *La gallota* y *La mecedora*. Novelas: *Las averías*, *La casa de las sirenas pálidas* y *Operación Causa Justa*.

LA OFRENDA

JUSTO ARROYO

Los únicos que oyeron el ruido fueron el alcalde y el hotelero. Ambos estaban borrachos, sentados en la pequeña entrada que servía de sala, bar y mesa de recepción. Arriba, y por ser día de semana, los seis cuartos estaban desocupados. Al pueblo sólo llegaban visitantes los fines de semana, cuando venían a depositar ofrendas al Cristo.

Fue un ruido corto y suave. La tierra mojada recibió el impacto y abrazó el objeto, cubriéndolo enseguida de vegetación. Al principio el alcalde y el hotelero pensaron que se trataba de algún borracho que había caído a la bahía, por lo que se levantaron y salieron sin mucho entusiasmo. Tambaleándose, se apoyaron en un costado del hotel y orinaron largamente; entonces se dirigieron al sitio del ruido, detrás de la iglesia.

Pero no se veía nada. Sólo la luna iluminando la espectacular bahía y los habitantes del pueblo durmiendo sensatamente. Estaban a punto de regresarse, creyendo que se trataba de alguna pareja de enamorados furtivos cuando de repente el alcalde hundió el zapato en un hueco.

El alcalde sintió una resistencia contundente y, al sacar el pie, luego de mucho esfuerzo, lo volvió a hundir pero esta vez con rabia, como para desquitarse en el objeto la interrupción de sus tragos. Sólo que ahora la dureza del objeto le causó un dolor desde el pie hasta la cabeza que lo obligó a sentarse. Gritó el nombre del hotelero, y, cuando apareció, se quedó mirando al alcalde, como dudando que fuera tan idiota.

El alcalde estaba furioso, no sólo porque el hotelero parecía divertirse con su situación sino porque no le prestaba ayuda. El hotelero se acercó y observó que el alcalde tenía el pie hundido hasta la rodilla. Entonces le dijo que se acostara para jalarlo por los hombros. Pero el asunto no podía quedar en la mera liberación del alcalde porque allá adentro, todavía, quedaba el objeto misterioso.

Alcalde y hotelero se pararon entonces alrededor del pequeño cráter, cimbreándose. El hotelero le dijo al alcalde que no se moviera, que se mantuviera vigilante mientras él iba a buscar una pala. El alcalde lo miró con sorna, como transmitiéndole que él era, borracho y todo, el alcalde, y no tenía que hacerle guardia a nadie.

Cuando el hotelero regresó con la pala, golpeó en el centro mismo del objeto y sintió reverberaciones por todo el cuerpo. Con cuidado, entonces, empezó a limpiar por los bordes, hasta dejar al descubierto lo que parecía ser una piedra redonda, peluda. El hotelero dio entonces un palazo a la piedra y nuevamente volvió a vibrar de pies a cabeza. Una vez más le dijo al alcalde que hiciera guardia mientras él buscaba un pico y una vez más el alcalde lo miró con furia. Pero calló y obedeció, bamboleándose sobre el hueco.

Al regresar, el hotelero abrió las piernas frente al objeto y le dijo al alcalde que se quitara.

Entonces, con un golpe sólido del pico, lo partió en dos como un coco, dejando ver ahora una bola brillante, pulida, del tamaño de una pelota de basquet.

El hotelero tiró el pico a un lado y, rascándose la cabeza, tocó el cilindro. Estaba frío, hecho de un metal como el acero y la intención del hotelero fue de levantarlo. Pero, aunque era un hombre fornido, no pudo con la bola. Miró entonces al alcalde, que a través de todo este tiempo lo había dejado actuar, y lo invitó a que entre los dos levantaran la circunferencia.

Sólo que el peso era increíble, y allí estaban ellos, dos hombres adultos, incapaces de levantar una simple pelota, aunque tampoco ayudara el que estuvieran

28

más borrachos que una cuba. Pero, luego de varios intentos, con un esfuerzo final, lograron levantar la bola y, trastabillando, decidieron llevarla a la iglesia, porque esto era un asunto para el Cristo, quien habría visto cosas más raras.

Tal vez, le dijo el alcalde al hotelero, se trataba de algo que el mar sacaba del fondo y lo tiraba a la orilla, sí, algo valioso y extraño, perteneciente a alguno de esos piratas, como Henry Morgan o Francis Drake; en todo caso, lo que fuera, del diablo o de Dios, que decidiera el Cristo.

La iglesia estaba cerrada, de modo que dejaron la bola en la entrada y regresaron al hotel.

Entonces, entre trago y trago, revisaron su aventura y la colorearon de heroísmo, matizándola hasta tornarla irreconocible.

Al llegar la mañana, se tomaron otro trago y se dirigieron a la iglesia.

Pero al llegar la bola no estaba. Habían abierto la iglesia ya y ambos pensaron que necesitaban otro trago para recuperar la claridad mental. Lentamente, entonces, caminaron hacia el Cristo con su capa lila repleta de ofrendas, de billetes y monedas y collares y anillos y pulseras, de papelitos y letreros con mensajes que agradecían éste o aquél milagro.

Pero los ojos negros del Cristo, de por sí intensos, parecieron quemar al alcalde y al hotelero, conminándolos a que salieran de la iglesia, de *su* iglesia, porque ellos eran la escoria de la tierra, par de borrachos que contaminaban la casa de Dios.

Y cuando se disponían a salir, avergonzados, el alcalde y el hotelero vieron al cura enfrente, arrodillado, el cilindro en alto y bendiciéndolo, como si fuera una pluma lo que tuviera en la mano y no la bola monstruosa que casi les causa una hernia. El cura, entonces, se levantó, fue al Cristo y colocó la pelota a sus pies. Luego, observando al alcalde y al hotelero, se les acercó y les dijo:

–Ay, hijos míos, las ofrendas que se les ocurren a las gentes.

Justo Arroyo nació en Colón el 5 de enero de 1936. Licenciado y profesor de Segunda Enseñanza en Filosofía y Letras por la Universidad de Panamá (1959) y Doctor en Letras Iberoamericanas por la Universidad Nacional Autónoma de México. Fue Director Nacional de Extensión Cultural del INAC; Embajador de Panamá en Colombia; editor de la revista "Lotena" (1996–1999). Ha ganado los Juegos Florales Centroamericanos (Guatemala) con su primera novela; el Concurso Literario "Ricardo Miró" en múltiples ocasiones como novelista y cuentista y el Premio Centroamericano de Literatura "Rogelio Sinán" 1997 como cuentista. Obtuvo el Premio "Pluma de Oro" de la Cámara Panameña del Libro.

Obras: Novelas: *La gayola*, *Dedos*, *Dejando atrás al hombre de celofán*, *El pez y el segundo*, *Geografía de mujer*, *Semana sin viernes*, *Corazón de águila*, *Lucio Dante resucita*, *Sin principio ni fin* y *Vida que olvida*. Cuentos: *Capricornio en gris*, *Rostros como manchas*, *Para terminar diciembre*, *Héroes a medio tiempo* y *Réquiem por un duende*.

LA MUERTE TIENE DOS CARAS

ROSA MARÍA BRITTON

La muerte se le fue colando por el ojo izquierdo. La sintió llegar con su hálito un poco frío que se le pegó a la cara y alivió de sopetón la fiebre que encendía sus mejillas. *Ella* fue pasando suavemente por su frente y recordó, de repente, todas aquellas oraciones aprendidas en la escuela primaria, aquel año que ganó el concurso eucarístico por saberse de memoria las ciento treinta páginas del catecismo cristiano. Los ojos se le fueron hundiendo en la cabeza como hastiados y sus párpados se tornaron en espejos capaces de reflejar las imágenes por dentro y fuera de su mente. Blancas cortinas rodeaban la cama, aislándolo del resto de la humanidad que piadosamente trataba de ocultar la agonía: su agonía.

Quiso gritar que ya terminaba todo, pero *Ella* le acarició la garganta, ahogando los sonidos que se deslizaron débiles entre sus labios resecos. Se entretuvo repasando las imágenes que reflejaban los espejos y vio a sus hijos, que hacía tantos días que no venían a visitarlo, porque su larga enfermedad les había agotado la paciencia. No era justo morirse así, en pedazos. La piedad por mucho que se estire no da para tanto.

La menor de sus hijas, la del pelo bonito y pestañas sedosas, que había tenido después de viejo con esa mujer que le sacó fiesta en el trabajo, lo venía a visitar tarde, después que los otros se habían marchado, para evitar peleas y malas caras. Ella sí había llorado bastante; ahora, la presentía en la humedad de lágrimas que aún quedaba impregnada en las sabanas. Ya no iba a poder terminar la escuela, como él le había prometido y ella también se cansó como los otros que iban y venían con ese: *¿Hasta cuándo va a durar el viejo? Doctor, ¿no puede usted hacer algo? Mire cómo sufre; tiene días que no prueba bocado, ¿no puede usted hacer algo?* Y después de las quejas, la inyección que lo metía en ese limbo de los muertos en vida, con aquel dolor clavado en medio de la barriga, por mucha inyección que le pusieran... Los nietos tan juguetones, ¡que poco los conocía! Se los imaginó ya grandes en la Universidad, gente importante, su semilla. Hacía tiempo que todos lo habían dejado a un lado, pero él comprendía; con los estudios y tantas cosas interesantes por hacer, no alcanzaba el tiempo para un viejo enfermo.

El espejo reflejó la mosca, su amiga de muchos días, que majestuosamente se paseaba como un astronauta por las montañas lunares de las sábanas, deteniéndose aquí o allí, para detectar un nuevo olor, o saborear minúsculos fragmentos de su humanidad, derramados sobre la cama, porque ya sus sentidos funcionaban por cuenta propia, sin hacerle el menor caso a la vergüenza. Treinta y seis pares de ojos lo contemplaron curiosos por unos segundos, para proseguir indiferente en la búsqueda cuidadosa por todos los resquicios, de vez en cuando frotándose satisfecha las patas delanteras.

El fruto blanco colgado del árbol de metal, descargaba gota a gota a través de tubos transparentes el líquido que lo mantenía con vida. Al meterse por sus venas, tensas sobre la piel amarillenta, le ardía como un latigazo obstinado en mantenerlo despierto. *Ella* jugueteó con la aguja y de un solo soplo detuvo el líquido rojo que circulaba por su cuerpo, convirtiendo la rápida carrera en un lento oscilar de pequeñas olas que morían al llegar a su pecho.

El monstruo que atormentaba sus entrañas comenzó a hundirse en un magma incoloro; recogió sus tentáculos de animal mitológico y *Ella*, con sus manos frías, apagó el fuego que lo devoraba y se sintió aliviado por primera vez en mucho tiempo. Los sentidos perdieron el resabio y su cuerpo, ligero como una nube, lo iba llevando hasta la entrada del corredor que lo recibía con fragancia de misterio y aquel viso de eternidad que lo llenó de un júbilo desconocido. Al final del túnel, los espejos se agobiaron inundados de luz.

Y fue entonces cuando los sintió, palpando su pecho frío, pidiendo a gritos ayuda y casi en el umbral de la perfección se detuvo indeciso, a tiempo para sentir el choque de la corriente eléctrica que recorría su cuerpo, devolviendo al liquido rojo el ímpetu de su fuerza, y el débil aletear se convirtió en latido. Quiso gritarles que pararan, que la corriente estaba alertando al monstruo, pero *Ella*, enojada, se detuvo en su garganta y con un mohín de malhumor se fue, saliendo por el oído derecho, no sin antes despertar en su lengua aquella sed amarga que tanto lo atormentaba. Abrió los ojos para encontrarse rodeado por la muralla blanca sembrada de rostros ansiosos, gente que no conocía y árboles de metal cargados con sus frutos blancos rellenos del líquido vital que fustigaba sus sentidos y devolvía la forma al monstruo que anidaba en su barriga. Y llegaron los hijos a la visita, con aquellos ojos de *¿hasta cuándo, Dios mío, hasta cuándo?* y se resignó a esperar que ocurriera el milagro nuevamente.

35

Rosa María Britton nació en la ciudad de Panamá el 28 de julio de 1936. Médica cirujana, obstetra y oncóloga. Fue Directora del Instituto Oncológico Nacional y actualmente es Presidenta del Pen Club Internacional, capítulo de Panamá y de la Fundación Pro–Biblioteca Nacional.

Obtuvo el Premio de los Juegos Florales México, Centroamérica, el Caribe y Panamá, sección teatro, en Quetzaltenango, Guatemala, en 1994. En 1985 recibió el Premio "Walt Whitman" que concede la Asociación de Becarios Fulbright de Costa Rica; lo mismo que el Premio "César" como Escritora del año, en Los Angeles, California en 1985. Ha ganado el Concurso Literario "Ricardo Miró" en varias ocasiones como novelista, cuentista y dramaturga.

Obra: Novelas: *El ataúd de uso*, *El señor de las lluvias y el viento*, *No pertenezco a este siglo*, *Todas íbamos a ser reinas*, y *Laberintos de orgullo*. Cuentos: *¿Quién inventó el mambo?*, *La muerte tiene dos caras*, *Semana de la mujer y otras calamidades* y *La nariz invisible y otros cuentos*. Teatro: *Esa esquina del paraíso*, y *Banquete de despedida / Miss Panamá Inc.* Ensayo: *La costilla de Adán*.

EL JUEGO

PEDRO RIVERA

–Juan, Carlos, entren a casa.

Las sombras encajonadas en la planicie anuncian el desplome nocturno sobre el caserío. Las casuchas de adobe enmudecen en el recogimiento, dispersas, asimétricas. Los perros ladran, los caballos relinchan, las cigarras dominan la vasta neblina, el horizonte de ruidos.

Los niños no contestan, juegan el juego de atraparse, montan simulacros de lucha despiadada sobre el escenario del sueño, en la humedad de la tierra.

–Juan, Carlos, ¿están sordos o se hacen los turulatos? Carástele, les voy a hacer entender con el fuete, ahora verán. No respondo si me obligan. Para los muchachos tercos Dios Santos.

Los niños se acercan. Los ojos de la tía Paulina, en el umbral, descubren la suciedad reciente en las ropas, en los cuerpecitos magullados por el juego.

–Miren nomás cómo se han puesto, ¡cochinos! Debería darles una tunda orita mismo.

–No la oímos, tiíta, lo juramos por ésta.

Los niños saben que la tía Paulina no hará nada de lo que dice. Están acostumbrados a esos desplantes fingidos de mal humor. No responden para no herirla. Entran a la casa gozosos, gritando, persiguiéndose, sacándole el jugo al juego quebrado, inconcluso. La tía les observa obstinada, con la huaricha en las manos, distribuyendo una luz pálida sobre los muebles rústicos, las paredes calcáreas, polvosas y el túnel de tejas en la altura, cubierto de telarañas y mugre. La tierra está cuarteada, de reseca, en la estancia, los catres arrimados a la pared, sin estirar y la tinaja barrigona encaramada sobre un cajón en la puerta que da atrás, al patio. Los niños se desvisten en silencio, comunican alegría sosegada y piensan en las palabras de la abuela: "si siguen de mal portados los enviaré de regreso a casa, con su mamá, no resisto a los niños picasudos". Les gusta el campo, no quieren regresar tan pronto a la ciudad. La madre les hace falta, le echan de menos, sobre todo en las noches, pero de día es un recuerdo sin matices, suplantado. En la ciudad no tendrán caballos, no tendrán agua de río, amplitud de retozo.

–No pueden acostarse así, mugrientos. Mejor van enfilando pa' el ojo de agua, antes de que sea más de noche.

–Hace mucho frío, tiíta. Nos vamos a entumir toítos.

–Así se pasmen, so pedazos de...

El ojo de agua está a pocos pasos de la casa, bajando. Rebasan la jaula de las gallinas, el naranjo macho en la pendiente, el cúmulo de piedras calcinadas y olorosas a pepita de marañón. Al margen de la quebrada está el hoyo. Los niños tiritan de frío, la sombra está helada.

–Vamos a achicarlo para que salga agua limpia. Verán está calentita.

La tía Paulina se inclina, arrodillada al borde del pozo y saca el agua con la totuma, la arroja a la corriente turbia. La cabellera de la moza resbala sobre los hombros, cada inclinación revela la estructura sólida del cuerpo endurecido por la faena del campo musculoso. El agua brota cristalina, alcanza el nivel usual.

–¿Por qué no jugamos a la vaquita y el ternero?

La voz de la tía es dulce, el tono tranquilo. Acaricia la cabeza revuelta de los niños, les aprieta contra su pecho amorosa.

–Sí tiíta.

–No lo dirán a nadie, ¿verdad?

–¿Ni a la abuela Rufina?

–A nadie, si no, no sirve. Es un juego de los tres. No los regañaré más si guardan el secreto.

–Sí tiíta.

La tía Paulina desabotona la blusa y suelta los sostenes. Los pezones asoman como soles morenos, duros, alcanzan el nivel de los rostros de Juan y Carlos.

–Miren, soy la mamá vaca. Ustedes son mis terneritos.

Los niños perciben la imagen de la vaca en el corral, esa tarde. Entienden el juego, el ternero entre las patas de la vaca, pegado a la ubre gorda, amamantándose, espantando las moscas con el rabo. Entienden. La vaca muge tierna, los ojos perdidos en el horizonte del establo, rumiando la hierba. Ese es el juego de la tía, fácil, entretenido. Pegados al calor del cuerpo de la vaca ahuyentan el frío de la noche.

La tía muge también como la vaca.

Los niños retozan, el aire huele a sol, a rocío delgado, a excrementos de gallina, a tortilla horneada y a café recién colado. La abuela prepara el desayuno. Los perros pedigüeños se enredan en su pollera blanca. La tía Paulina friega los trastes y mira a sus sobrinos con el rabo del ojo corretear junto al asadero de pepitas tiznándose.

–Juan, Carlos aquiétense o...

Los niños cancelan el retozo y miran a la tía sin pestañear, sin temor. La acorralan en silencio, la vaca al corral, las vacas no pegan a sus terneros, las vacas mastican la hierba mientras el ternero retoza en el potrero. La tía sonríe turbada, en su corral de recuerdos. El juego es el juego. Vuelve la vista a los trastes, impotente. Juan y Carlos bajan correteando por la pendiente de la quebrada.

Pedro Rivera nació en la ciudad de Panamá el 5 de enero de 1939. Director del Grupo Experimental de Cine Universitario. Dirigió la revista "Formato 16" y dirige la revista plegable "Temas de Nuestra América". Ha ganado en cuatro ocasiones el Concurso Literario "Ricardo Miró", dos veces como cuentista y dos como poeta.

Obra: Poesía: *Las voces del dolor que trajo el alba*, *Panamá, incendio de sollozos*, *Mayo en el tiempo*, *Despedida del hombre*, *Los pájaros regresan de la niebla*, *Libro de parábolas*, *Para hacer el amor con la ventana abierta* y *La mirada de Icaro*. Cuento: *Peccata minuta*, *Recuentos* (con Dimas Lidio Pitty y *Las huellas de mis pasos*. Otros libros: *Todo sucedió mañana* (con Fernando Martínez) *El libro de la invasión* (con Fernando Martínez), *El martillo contra la nuez*, *Panamá en América, ensayo de economía poética* y *El largo día después de la invasión*.

LA ULTIMA LLUVIA

DIMAS LIDIO PITTY

"Ignoraban que el aguacero de esa tarde
era la última lluvia del invierno"

José Luz escupió, se removió en el asiento, miró
la lluvia con cara pensativa y continuó recostado contra la pared del portal. Trina lo observó largo, pareció
resignarse a un suceso oscuramente inevitable y también escupió.

–Parece que va a escampar –dijo.

–Humm –gruñó José Luz y mascó seguido y con
fuerza.

Hacía años que casi habían abandonado el habla.
Se comunicaban por señas, gruñidos y reflejos. Y era
tal su compenetración que, a veces, ante situaciones
nuevas o imprevistas, les bastaba una mirada para
entenderse. Sin embargo, ahora, sin motivo valedero,

Trina había recurrido a las palabras. Esto hizo pensar a José Luz que algo andaba mal en ella. ¿Por qué había necesitado hablar para decirle una cosa tan simple? ¿Acaso había olvidado cómo, en las rudas noches de tormenta, ambos presentían simultáneamente (y se lo comunicaban sin decirlo) que iba a escampar o que un rayo derribaría tal o cual árbol? ¿Era que había perdido la facultad de traducir su silencio o sus gestos, de adivinar sus deseos? ¿Se había apagado en ella esa lumbre del entendimiento que le iluminaba los ojos? Sí, podía ser. La pobre ya iba siendo vieja y era natural que los nervios comenzaran a dormírsele.

Por un rato siguió cavilando, aunque sin atreverse a mirarla, para no descubrir en ella los primeros síntomas de esa temida aniquilación que, inminente o tardía, siempre era inexorable y amarga. Pensó en los hijos, dispersos en distintos pueblos; en el incremento de los dolores reumáticos que lo aquejaban por las noches; en la creciente parsimonia de Trina en los quehaceres; en la conveniencia de repartir sus pocos bienes en vida. Volvió a escupir. La saliva chocolate se disolvió en la zanja de las goteras. Observó de reojo a la mujer. Esta miraba deshacerse las burbujas provocadas por las goteras en el agua de la zanja ¡Pobrecita!

42

Qué lejos estaba el tiempo en que la trajo a vivir aquí. En esta casa, construida con varas y caña brava, techada con hojas de caña, la hizo mujer y madre y supo del rigor y de las dulzuras de la vida. "¡Trina, Trina!", llamó con la mente, pero no obtuvo respuesta. La mujer miraba ahora la llanura y las colinas, que la lluvia había vuelto grises. Sí, ya no era como antes; los años habían roto o descompuesto algo: la pobre no podía captar...

Pero, bueno, pensó, hace mucho que estamos juntos y era de esperarse que cualquier día pasara esto. Suspiró y volvió a escupir, más allá de la zanja esta vez. Quizá no debí ser tan duro con ella cuando me dejó morir el gallo fino. Debí comprender que aún era casi una chiquilla, que no estaba acostumbrada a tantas obligaciones. Pero ¿qué puedo hacer ya? Sintió a Trina levantarse y entrar, pero no quiso mirarla. No es bueno sentir lástima por una mujer que ha sido de uno tanto tiempo. Se puede tener lástima por un perro o por un caballo muy viejo y que ha servido bien toda su vida, pero no por la mujer de uno. Una ráfaga de brisa barrió la sabana inundada. Ya va a escampar. Escupió más allá de las goteras y miró hacia el Cerro La Hueca. Una especie de neblina lo envolvía, restándole relieve. Eso era signo de buen tiempo.

"¡Trina!", llamó; "¡Trina!", pero esta vez tampoco hubo respuesta. ¿Será que se ha vuelto sorda? ,"¡Trina, Trina!", gritó, pero nada. De súbito notó que no oía su propia voz, ni el ruido de las goteras, ni el trajín de Trina dentro de la casa. Y la neblina se extendía del cerro a la llanura. El mismo cerro sólo era ya una mancha difusa. Y la niebla se acercaba a toda prisa, como empujada por el viento.

Entonces comprendió: algo –¿cuándo?– había empezado a desmoronarse dentro de sí. No era Trina, era él. La niebla no estaba en la llanura, sino en sus ojos. Y en lo demás era igual: era él quien no oía, quien...

Un frío lento comenzó a subirle por las piernas, por dentro de los huesos. "¡Trina, Trina!" La voz también se enfriaba. Sin embargo, siguió insistiendo, "¡Trina, Trina!", hasta que el frío fue demasiado intenso y ya no tuvo fuerzas para seguir llamando.

Dimas Lidio Pitty nació en Potrerillos, Chiriquí, el 25 de septiembre de 1941. Es periodista y profesor universitario. Ha ganado el Concurso Literario "Ricardo Miró" como poeta, novelista y cuentista. Es miembro de número de la Academia Panameña de la Lengua y Presidente del Consejo Nacional de Escritores y Escritoras de Panamá.

Entre sus obras: Novelas: *Estación de navegantes* y *Una vida es una vida* (2002). Poesía: *Camino de las cosas*, *El país azul*, *Crónica prohibida*, *Sonetos desnudos*, *Décimas chiricanas*, *Rumor de multitud*, *Relicario de cojos y bergantes* y *Coplas sobre una esperanza*. Cuentos: *El centro de la noche*, *Los caballos estornudan en la lluvia* y *Recuentos* (con Pedro Rivera). Entrevistas: Realidades y fantasmas en América Latina y Letra viva. Otros libros: *Lecturas para vivir* (Antología didáctica). Libro sobre el autor: Liliana Pinedo. *La coherencia textual en "Los caballos estornudan en la lluvia"* de Dimas Lidio Pitty.

ESE LOCO SONAMBULO TRISTE NOSTALGICO Y ATERI-DO DESEO DE VIVIR

BERTALICIA PERALTA

De ser posible lo haremos en la noche, cuando todos cansados ya de bregar se retiren a sus habitaciones, Curro. Te lo digo, es la mejor hora, nadie se dará cuenta, pasaremos en silencio por los pabellones más grandes, la cocina estará desocupada, a esa hora quién va a cocinar, ah, dime, quién. Nadie se dará cuenta, Curro, nadie, las enfermeras se duermen, te lo digo, yo las he chequeado ya, apenas apagan las luces cogen el sueño, Curro, y todo queda en silencio. Nos ocuparemos de que los demás estén acostados ya, especialmente el Sargento que es el último en dormirse, siempre haciendo guardia, siempre caminando de un lado a otro, siempre dispuesto a defender con su propia vida el lugar. ¡Ah, el Sargento! ¿Sabes que lo quiero mucho, Curro? Cuando me dio la fiebre no se despegó de mi cama, quisiera que siempre estuviera feliz, que nunca le pasara nada. Siempre es el último en acostarse, cuando ya no hay peligro para nadie él sube entonces a sus habitaciones, coloca su fusil debajo de la cama después de limpiarlo detenidamente, da una última vuelta al pabellón. Entonces sí, se duerme como un bendito. Si pasara algo, Curro, si pasara algo, te digo que nos joderíamos porque el Sargento después que se acuesta y se duerme ya no se entera de nada, su fusil debajo de la cama no serviría de nada. Y la Gitana, bueno, eso es otra cosa. Nos la llevamos, ¿eh Curro? No la vamos a dejar aquí para que se la cojan esos cabrones de los médicos que se creen con derecho a todo. No señor. ¿Me oyes, Curro? Nos llevaremos a la Gitana. ¿No te la has cogido nunca, Curro? Ah, eso sí es vida, Curro, te entran unos locos, sonámbulos, tristes, nostálgicos y ateridos deseos furibundos de vivir, la Gitana se hace dulce, gime, tuerce los ojos, te muerde, se detiene en lo mejor, te pide más, quiere que sigas, te agarra, Curro, te agarra y pareciera que ya no te soltará más, no la vamos a dejar, Curro, no. ¿Te imaginas cuando no estemos nosotros, la Gitana toda llena de ese olor a sapo muerto, a agua mohosa, con su boca como una ventosa ahí no más en brazos de esos cabrones que no quieren soltarnos jamás? Los demás que se las arreglen como puedan. No vamos a estar partiéndonos la madre por ellos. No nos puede fallar, Curro. Sabes que soy muy inteligente y siempre ensayo las cosas a ver si hay seguridad en los resultados. En el cuarto grande hay una lámpara de querosín. No habrá nadie a esa hora, ya verás. ¿Me oyes, Curro? Dime algo, mierda, ya me estoy cansando de hablar solo. Tú, el Sargento, la Gitana y yo. ¿No te parece estupendo? Libres al fin, libres para salir de aquí. Nos iremos al interior, seremos respetables otra vez, allá nadie sabrá nada, nadie sospechará. Yo trabajaré de contador, la Gitana de maestra, tú volverás a bo-xear, serás entrenador y el Sargento podrá trabajar de chofer. La cosa es hacerlo bien, Curro, calcular que el fuego no pueda ser detenido y el hospital se derrumbe solito como un ciruelo lleno de comején.

Bertalicia Peralta nació en la ciudad de Panamá el 1 de marzo de 1940. Periodista. Coeditó la revista "El pez original" (1970).

Obra: Poesías: *Canto de esperanza filial, Sendas fugitivas, Dos poemas, Atrincherado amor, Los retornos, Un lugar en la esfera terrestre, Himno a la alegría, Ragul, Libro de fábulas, Casa flotante, Frisos, En tu cuerpo cubierto de flores, Zona de silencio, Piel de gallina, Invasión USA, 1989 y Leit motiv.* Cuentos: *Largo in crescendo, Barcarola y otras fantasías incorregibles, y Puros cuentos.*

EL SEÑOR APURO

MORAVIA OCHOA LÓPEZ

Apuro era el barrendero de mi calle. Tenía el pelo amarillo y tostado, la cojera le empezaba desde la cintura, la cual movía como un péndulo antes de dar cada paso. Dicen que por lástima alguien le dio el contrato, que al terminar el día de trabajo iba a su cuarto, a su casi cuarto, prendía la lámpara de querosín, colocaba un letrero: *akí se vende carbón*, y así mantenía a su alrededor a una nada despreciable cantidad de vecinos que, uno ahora, otro después, iban a comprar y le daban conversación y compañía como él quería. Jamás tuvo a nadie formalmente a su lado, pero la Adelina le prestaba diariamente a la hija de diez años para que le hiciera los mandados. "Señor *Apuro*, aquí estoy para lo que se le pueda ofrecer, aquí le manda mi mamá un poquito de sopa, que no está muy buena porque no había sal y es sopa de hueso pero le calentará un poquito, ¿quiere probar?". Jamás decía la niña "buenas noches" o "buenos días", y tampoco lo miraba de frente aunque le tenía lástima y lo respetaba porque así la habían enseñado, a respetar a los mayores, sobre todo al señor *Apuro* que es tan trabajador y buena persona. *Apuro* entonces la miraba, su misma nariz, los ojos de la madre, la bondad de ella, la misma que una noche lluviosa la obligara a quedarse a llenar bolsitas de carbón y terminó calentando su cama de hombre solitario. Ese era su secreto, ella jamás dijo a nadie de quién era la criatura, y nadie tampoco preguntó o quiso saber, sólo que a los tres meses la patrona la estaba botando del trabajo, ya no le servía para lavar la ropa, además seguro tendría muchos gastos buscándole médico, remedio, y quién sabe después ella, la patrona, tendría que cargar con la sirvienta y su muchachito y no, eso no podía ocurrir, qué te has creído Adelina ¿que esta casa es para recogidos?, aquí no es el hospital, así que vete a otra parte. Ella extrañó por un tiempo la lujosa cocina, el tendedero interno, los ricos platos de año nuevo, los espejos del baño que ella no podía usar pero que lavaba con especial cuidado, la fina loza, los relucientes cubiertos de plata que tenían el apellido de la familia bellamente grabados.

Apuro no la abandonó, es más, se habría hecho cargo de la situación, de ella, de la niña que después

49

nació, con todo habría podido, pero Adelina no quiso, las cosas nos pueden ir peor, los dos somos igualmente pobres, pero no le dijo la verdad, que era su cojera lo que a ella le daba vergüenza, al menos no lo quería a su lado noche y día y para toda la vida, a lo mejor le salía por allí un "partido" que aliviara sus necesidades y no llevara esa cojera. Además ¿a quién se le ocurre llamarse *Apuro*?

"Está caliente la sopa, don *Apuro*", dijo con voz sencilla la niña, siempre bajos los ojos de largas pestañas. El agarró el recipiente, agradeció, le entregó chocolates que había comprado para ella. Otros días era un mango, un caramelo, un mafá, una bolsita de cofio o un gallito de azúcar de colores, golosinas que a ella le gustaban. "¿Tú tomaste también, tú tomaste sopa?", quiso saber él, solícito. Ella respondió un "no" bajito, "no alcanzó", dice mi mamá que ésta la hizo para usted, para usted que no tiene a nadie que lo cuide ni que le haga su comida cuando llega del trabajo, don *Apuro*, así que yo me voy y muchas gracias, que viene gente para comprar carbón, cuídese mucho y hasta mañana. Sin darse cuenta, al llegar a la esquina, ella por primera vez miró hacia atrás, hacía la casa del carbonero que era también el barredor de mi calle. Al llegar a su casa, la madre preguntó suavemente: ¿mandó dinero? No, no mandó. Ah, seguramente no tenía.

De nuevo aquí la casita está cerrada, mejor dicho el cuartito cubierto de zinc y de tablas, nadie había puesto el letrero que anunciaba la venta de carbón, se había ido al trabajo, a barrer las calles, más temprano que nunca, al parecer, nadie lo había visto y ahora demoraba, y fíjese usted –decía una mujer– estoy apurada porque me he quedado sin carbón, no he puesto todavía la olla. Ella levantó con cuidado los cartones viejos pero todavía fuertes de la ventanuca, "¿por qué no entra alguno?"

Pero antes de que nadie hiciera un gesto o dijera una palabra, la niña se echó a llorar sin gritos, tras lanzar un gemido, y entecortadamente avisó: "allí está", allí sobre las tablas que le servían de mesa, doblado, allí. Entraron todos, y fueron llegando más curiosos, ella fue directo al cuerpo que permanecía doblado, vio el papel, la escritura desigual y llena de faltas de ortografía, tampoco ella escribía muy bien, pero el señor Apuro escribía peor y ella lo sabía:

"Adelina, kerida Adelina, deceo que tes vien, no te mande dinero porque no tengo, pero ceguro que mañana sí. Mandame a la niña para darte la plata que te conseguiré. Te recomiendo

haserme caso, cásate conmigo y hasí no pasarás trabajo y es bueno que la niña valla sabiendo kien es su papá. Me da dolor que sufran ambre, Adelina, supe que te fueron a cortar la luz y que te votarán del cuarto porque debes mucho y el casero es un canalla. Supe también que ni tú ni mi ija comieron hoy. Cómo quieres que me tome tu sopa y la de mi ija, Adelina. Cé que no me aseptas por mi cogera, pero cojo y todo yo las quiero a las dos. Adelina por qué me cuidas, Adelina, eres muy buena, yo soi el ombre que de berdad te combiene, ven a bivir conmigo, dile a mi ija todo lo que te apunto en este papel, dile que es mi ija..."

...y allí quedó. Un curioso se asomó y leyó lo que pudo. Había calor. Con el papel apretado sobre su corazón que se quería salir de la sorpresa, de dolor, de miedo, de lo que no sabía, corrió la criatura por esas calles que barría el barrendero, buscó a la madre y, papel en mano, la abrazó sin hablar.

Moravia López Ochoa nació en la ciudad de Panamá el 27 de diciembre de 1941. Ha sido Jefe del Departamento de Letras del Instituto Nacional de Cultura. Dirigió la revista "Itinerario". Fue Agregada Cultural en la Embajada de Panamá en Cuba. Ganadora del Concurso Literario "Ricardo Miró" como poeta y cuentista.

Obra: Poesía: *Raíces primordiales*, *Donde transan los ríos*, *Ganas de estar un poco vivos*, *Círculos y planetas*, *Hacer la guerra es ir con todo*, *Me ensayo para ser una mujer* y *Contar desnuda*. Cuento: *Yesca*, *El espejo*, *Juan Garzón se va a la guerra* y *En la trampa y otras versiones inéditas*.

EL PARQUE

ENRIQUE JARAMILLO LEVI

A veces mira de soslayo a su izquierda, mordiéndose ligeramente el labio inferior, como buscando una cierta complicidad con el anciano. Pero no tiene éxito, por más que, cada vez con mayor frecuencia, fije por unos segundos en él su mirada miope, su necesidad de comunicarse. Lo ve más decrépito que nunca, empequeñecido en esa banca que ya parece eterna en el mismo parque de toda la vida, absorto en quién sabe qué remembranzas de lejanísimos tiempos que no puede repartir con nadie más porque es el único sobreviviente de un pasado a punto de perderse para siempre. Si sólo pudiera ayudarlo a rescatar algún significativo pasaje, el sentido de alguna imagen preciosa antes de que se extinga. Ayudarlo a volver, a situarse una vez más en el presente que seguramente el viejo no recuerda que comparten todavía. Pero ambos han estado ahí por más de una hora, lado a lado en esa banca, en esa estrecha y dura banca debajo del árbol de mango, sin decirse nada, absolutamente nada. El viejo, la vista perdida en el horizonte por donde empieza a declinar el sol en medio de una suave explosión de anaranjados gajos que se expanden; él, mirando de reojo al hombre que parece su abuelo pero que en realidad, por una de esas insólitas maromas de la vida, resultó ser su padre. Y entonces, sin poderlo evitar, tembloroso y súbitamente asustado porque comprende que en cualquier momento se queda solo, completamente solo en el mundo, en ese inmenso mundo ajeno que pronto será rotunda noche, el niño abraza al anciano. Lo abraza como nunca antes, con todas las fuerzas de su pequeño cuerpo, de su reprimido cariño, de su presentimiento que no es más que un miedo que avanza, que ya está ahí amarrándolo a la soledad, porque él sí siente en el pecho la presión de aquella creciente asfixia, la siente; no como el viejo viejísimo hombre encogido que es su padre aunque parezca su abuelo, extraviado quién sabe dónde, que ha cerrado los ojos y ya no reacciona, ya no, ante la voz quebrada que le dice quedito: «¡No te vayas, no me dejes, Papabuelo!». Ante la súplica que implora «¡No me dejes aquí con tu cuerpo que ahora se ha hecho más chiquito en este inmenso parque solitario porque ya es de noche, Papabuelo, de noche, y el día está tan lejos!».

Enrique Jaramillo Levi nació en Colón el 11 de diciembre de 1944. Licenciado en Inglés y Profesor de Segunda Enseñanza por la Universidad de Panamá (1967), tiene Maestrías en Creación Literaria y en Letras Hispanoamericanas por la Universidad de Iowa, Estados Unidos (1970) y estudios de Doctorado en Letras Iberoamericanas en la Universidad Nacional Autónoma de México (1974–1975). Dirige la revista "Maga".

Obras: Poesías: *Los atardeceres de la memoria, Fugas y engranajes, Cuerpos amándose en el espejo, Extravíos, Siluetas y clamores, Recuperar la voz, A flor de piel, Conjuros y presagios y Echar raíces.* Cuentos: *Catalepsia, Duplicaciones, El buho que dejó de latir, Renuncia al tiempo, Ahora que soy él, El fabricante de máscaras, 3 relatos de antes, Tocar fondo, Caracol y otros cuentos, Cuentos de bolsillo, Senderos retorcidos (Cuentos selectos 1968–1998), De tiempos y destiempos, En un abrir y cerrar de ojos.* Ensayos: *La estética de la esperanza (2 tomos), El arte de la creación literaria: visión de mundo, razón de vida y Nacer para escribir y otros desafíos.*

EL OBSERVADOR

ENRIQUE JARAMILLO LEVI

Sin saberse observada, engulle un terrón de azúcar dejado al azar sobre el redondo vidrio traslúcido de la mesa del comedor. A medida que la diminuta trompa filosa penetra y absorbe, penetra y absorbe con sistemática, pausada precisión, la masa se va desmoronando hasta sólo quedar un reguero blanco cuyo diámetro y espesor disminuyen rápidamente. Al final nada más están ella y su reflejo –negra sombra hinchada–, limpiándose las patas.

"Todo lo que vive, come", pienso mientras la veo iniciar un vuelo que percibo torpe. Da varias vueltas, y termina posándose al otro extremo del vidrio.

Me acerco. Sobre la pulida superficie, la mosca y su doble, lentos, se desplazan.

"Todo lo que vive, muere", me digo dándole un fulminante chancletazo, que tiene la virtud de unificar su imagen.

–¡Qué asco! –exclamo, y busco una servilleta.

EXPERIENCIA NOCTURNA

REY BARRÍA

Primero fueron sus ojos tiernos, nerviosos, húmedos y tibios, los que tocaron mis labios. Luego su picante cuerpo con el salobre encanto del océano. Mis manos lo recorrieron y después fue mi boca cargada de ansiedad. Mi lengua adivinaba cada espacio de su suavidad, de su encanto ardiente. Ella permanecía intacta a mis caricias, después fueron las convulsiones y desesperadamente la hice mía. Esa noche fui su único dueño. Donde ella había estado minutos antes, sólo quedaba el líquido jugoso, como prueba de su entrega. Yo quedé satisfecho. Había sido la presa de pescado más sabrosa que había comido en sueños... Siempre pasa lo mismo cuando, por una razón u otra, no ceno.

Rey Barría nació en la ciudad de Panamá el 11 de noviembre de 1951. Es periodista y fue director de noticias de los canales 11 y 5 de televisión.

Ha publicado gran cantidad de cuentos en la revista plegable *Temas de Nuestra América* y en la revista *Maga*. Obra: *Casi cuentos, El lugar de la mancha* y *Cuentos.com/probados.*

LOS COMPLICES

JUAN ANTONIO GÓMEZ

Un hombre va con su mujer en un bus. Ella se apoya en la ventanilla y duerme. Sube al bus una mujer con una niña y se dirigen hacia los asientos de atrás. El hombre estira el brazo y con la mano le toca, tiernamente, por encima del pantalón, la vagina. La mujer lanza un grito y le pega una bofetada. El hombre se soba y se disculpa. La mujer, furiosa, sigue mentándole la madre. Se forma un alboroto y la mujer que va recostada a la ventana despierta.

    –¿Qué pasó? –le pregunta al hombre.

    –Nada, que toqué a la señora sin querer y se molestó.

    –Ese hombre es un sinvergüenza, un maniático sexual, –grita la señora.

    –¿Qué le hiciste? –vuelve a preguntar la mujer.

    –Ya te dije, la toqué sin querer y se molestó.

–No fue sin querer –dice uno de patillas y recia musculatura–, yo vi cuando descaradamente tocaste a la señora.

Y dirigiéndose a la mujer:

–Señora si ése es su esposo será mejor que lo lleve al psiquiatra o que...

–¿Así que tú hiciste eso? Pues te bajas inmediatamente y vas a tocar a todas las mujeres que quieras. En la tarde puedes ir a recoger tus cosas, que te las voy a poner en la puerta.

59

El hombre ni siquiera replicó. Pidió la parada, pagó los dos pasajes y bajó. La mujer volvió a recostarse a la ventanilla y continuó durmiendo como si nada hubiera pasado. Parecía más bien que se había desembarazado de algo molestoso.

Juan Antonio Gómez nació en David, Chiriquí, el 6 de mayo de 1956. Licenciado y Profesor de Español por la Universidad de Panamá, tiene Maestría en Docencia Universitaria. Fue director del Primer Ciclo del Centro de Rehabilitación "El Renacer". En 1996 ganó el Concurso Nacional de Cuentos "César A. Candanedo". Ha publicado cuentos en las revistas "Maga" y "Umbral", y ensayos de crítica literaria en el diario "El Universal". Ha realizado adaptaciones teatrales de obras de autores nacionales e internacionales.

Obra: Cuentos: *El puente* (con Digno Quintero Pérez), *El escritor de ficciones* y *Del tiempo y la memoria. Cuentos históricos* . Ha publicado las antologías: *Cuentos panameños para niños y niñas*, *El cuento panameño de tema campesino* y fue co–editor de *Travesía literaria por el Canal de Panamá*. También escribe teatro.

LE PEDÍ AL GENIO

CLAUDIO DE CASTRO

Este genio ha de ser un tonto, me dije un día. Todo lo que le pido, me lo da al revés.

Estaba cansado de sus impertinencias y decidí deshacerme de él. Sabía que no sería fácil, por eso estudié con cuidado lo que haría.

Para que no hubiese equívocos, daría una orden directa, fácil de cumplir.

Tomé el frasco antiguo de donde salió, le señalé la entrada con mi índice y ordené:

–Entra aquí.

Y entró en mi dedo.

Desde entonces sufro de esta inflamación bajo la uña, que me atormenta día y noche.

Claudio de Castro nació en Colón el 3 de julio de 1957. Ganó el Premio Nacional Signos de Joven Literatura Panameña en 1987 y el Premio Centroamericano de Literatura Joven, auspiciado por el Instituto Salvadoreño–Costarricense (San José, Costa Rica). Ha publicado cuentos en la revista "Maga".

Obra: *La niña de Alajuela, La isla de Mamá Teresa, El abuelo Toño y otros cuentos, El señor Foucalt, El juego* y *El camaleón.* Otros libros: *Aventuras de un papá, Buscando a Dios, La ternura de Jesús, La Casa de Dios* y *Para encontrar la paz.*

EL VESTIDO CAMBIADO

CONSUELO TOMÁS

Se mira en el espejo y todo le parece error. No puede reconocerse en esos brazos, en esas piernas, en ese cutis. Hasta el nombre siente que le viene prestado. Esa voz horrenda con la que lo masculla también le suena falsa, aunque no pueda negar que sale de su garganta. Mira y vuelve a mirar. ¿En qué momento ocurrió el cambio?

Se viste despacio. Piensa en el eterno rito de cubrir lo cubrible. De aderezar la falsedad. De poner telón a la evidencia. De cuidar los detalles, como una actriz perfectamente consciente del efecto que desea causar.

Sale a la calle, camina. Estos pasos que tiene que forzar para no dar la apariencia de moverse en una escena equivocada. De haber tomado un papel prestado. Por una línea que debe ser recta y no sinuosa. Camina y los escaparates vuelven a escupirle esa realidad morbosa, ese cuerpo cambiado y funcional, casi perfecto.

Se detiene en una cafetería, pide un café. El mesero no se fija en su mirada lánguida, en sus ojos capaces de la intensidad profunda, de la dulzura más allá de la dulzura. Mentalmente le pide una mirada, aunque sea una. Para reconocerse humana a pesar de los equívocos. Pero esos párpados no suben, como en casas donde no se abren nunca las ventanas. Suspira, paga, se retira.

Toma el autobús en el que deberá llegar intacta, sin una arruga en el traje, sin un cabello fuera de lugar, sin esa expresión de angustia que le da el ser y no ser. Su dolor de no poder desprender espíritu y materia y empezar todo de nuevo, sin engaños ni disimulos hirientes. En el autobús una mujer la mira. ¿La habrá reconocido? Sonríe vagamente pidiéndole respuesta. La mujer le devuelve una mueca parecida a la sonrisa, algo con aire de pregunta, desconfianza o desaprobación. Pide la parada, paga, se baja.

En la esquina encuentra el puesto de periódico y repite el cotidiano ademán. El toma y daca de los 25 centavos, y enrolla el bulto de papeles entintados bajo el brazo. Aún no sabe por qué lo hace. Ni siquiera lo lee. Apenas los titulares en los que su vida rutinaria y gris, empapelada de disimulo y frases hechas, embadurnada de agonía y soledad no es tomada en cuenta ni siquiera en las páginas de la tira cómica. Ni en las predicciones del horóscopo, sorteado una y otra vez de signo en signo.

Llega al trabajo. El cristal de la puerta le dice que nada ha cambiado en el camino. Que el milagro no ocurrió tampoco hoy. Que deberá continuar en esa rigidez constante, en esa pose y con esa armadura pesada y rotunda dentro de la cual oculta un alma tierna y generosa, arrugada ya por la mentira.

Se le escapa un gesto equívoco para acomodar el mechón de pelo que le cae sobre el rostro.

En la recepción la secretaria le informa que el jefe quiere hablarle.

–Señor Estévez –reclama el jefe cuando abre la puerta– tengo 15 minutos de estarlo esperando.

Consuelo Tomás nació en isla Colón, Bocas del Toro, el 30 de agosto de 1957. Promotora cultural. Ha publicado cuentos en el suplemento cultural "Talingo" del diario "La Prensa", así como en las revistas "Temas de Nuestra América", "La Otra Columna" y "Maga", entre otras. Obtuvo primer premio del Concurso Literario del IPEL en 1979. Ganó el Concurso Literario "Ricardo Miró" como poeta y cuentista.

Obra: *Y dijo que amanece, Confieso estas ternuras y estas rabias, Las preguntas indeseables, El cuarto Edén, Agonía de la reina, El libro de las propensiones.* Cuento: *Cuentos rotos* e *Inauguración de La Fe.*

EL NUEVO PARAISO

YOLANDA J. HACKSHAW M.

Escuché el ruido leve y característico de un lápiz cuando se pasa sobre una hoja. Me sorprendí de captar tan levísimo sonido, pero no le di importancia. Continué en mi labor de buscar la mayor información posible en internet. Pretendía dominar todos los conocimientos, traspasar el horizonte de la genialidad.

La computadora se erguía y se sostenía fuerte a la mesa. Me llamaba. Me insinuaba deleites insospechados e insuperables. Cada vez que la veía se apoderaba de mí un deseo brutal de ir a ella, de apoderarme de toda la información, sin escatimar esfuerzos de tiempo, de descanso.

Una noche, como a las diez, encontré unos datos impresionantes. Sin embargo, el sueño me estaba venciendo, casi tenía 24 horas de estar frente al ordenador; quería continuar, leer, imprimir esa delicia intelectual que tenía adelante, pero el cansancio me estaba ganando la batalla. Me levanté como pude y me lavé la cara.

¡Coño, se me cayó el sistema! Ahora tendré que esperar demasiado, porque el maldito módem es más lento que una tortuga. Mientras vuelvo a conectarme cerraré los ojos un ratito. No puedo dormirme. Todos los días uno no encuentra este tipo de explicación. Aunque no sé si me atreva a vivir una experiencia tan intensa. Si algo se dañara o hubiera un desperfecto, ¿qué haría?, ¿quién me rescataría?

Los párpados y todo el cuerpo cayeron como pesadas lápidas.

El ordenador había logrado conectarse y entrar al sitio web, que nuestro cibernauta, muy ávidamente, había puesto como hoja de inicio después de caerse el sistema. Allí estaba la información: *Cómo desmaterializarse y entrar a vivir una realidad virtual.*

PRIMER PASO: SELECCIONE EL BOTON: INICIO DE DESMATERIALIZACION.

SEGUNDO PASO: ELIJA EL SITIO.

TERCER PASO: TOQUE CUALQUIER BOTON ¡BUEN VIAJE!*

---

* La compañía garantiza el viaje, pero no el regreso.

El cuerpo pesado presionaba botones al duro y cruel azar. La máquina activó el proceso de desmaterialización, el sitio elegido no se definía, la manito del cursor volaba entre tanto sitio virtual: Africa, Alaska, Argentina, la cama de un hotel de lujo, el cielo... el infierno...

Un movimiento adicional y se definía el último lugar señalado. Una picazón inoportuna le hizo presionar el brazo contra el teclado:

¡Buen viaje!

Yolanda J. Hackshaw M. nació en la ciudad de Panamá el 13 de octubre de 1958. Licenciada y Profesora de Español, con Maestría en Literatura Hispanoamericana y Postgrado en Literatura Panameña por la Universidad de Panamá, donde ejerce la docencia. Actualmente es Coordinadora Editorial de Editorial Norma en Panamá.

Ha publicado cuentos en la revista "Maga". Obra: Cuentos: *Corazones en la pared* y *Las trampas de la escritura*. Poesía: *De mar a mar*. Otros libros: *La confabulación creativa de Enrique Jaramillo Levi*.

EL LEGISLADOR

FÉLIX ARMANDO QUIRÓS TEJEIRA

El jefe siempre ha sabido manejarse con los que mandan. Los cambios jamás lo han afectado. Tiene una astucia envidiable. Esté en gobierno u oposición, sus bolsillos nunca notan la diferencia. ¡Y cómo cuida los billetes! Por eso tiene, asegura con su odiosa sonrisa. Cuando saca dos o tres cajas de guisky de contrabando: coge, para que te tomes una fría. Las monedas exactas. Si le trabajas en navidad, te pega cuatro gritos cuando sale jumao de la casa de su querida y te menta la madre porque no supiste recordarle la hora. Vamos, jefe, acuérdese que intenté advertirle que se le estaba haciendo tarde; pero usted me mandó al carajo. Dizque yo no lo dejaba echar su polvo en paz. ¿Me vas a tildar de mentiroso? ¡Qué es lo que te pasa! Ahora, vas a tener que trabajar en año nuevo, si no quieres que te bote a la calle como a un perro. ¿Me tocará cobrar viáticos? No seas ingrato... Y te recuerda las veces que ha hecho que su empleada te sacara comida mientras lo aguardabas en el carro.

Llevaremos a la compañera legisladora a su residencia. Me esperas un rato, vamos a discutir un proyecto... ¡Qué vaina! La señora resultó ser un fraude. Nada más el exterior. Es una teorizadora de los cuernos. En la práctica, francamente, no recuerdo una peor. Se la pasó hablando del marido. No la entiendo. Si va a tener remordimientos, ¿para qué lo hace? Su secretaria será menos agraciada; pero es una bruta en la cama.

Es buena gente. Le resuelve el problema a sus votantes; aunque lleves dos años sin aumento de sueldo. Mire, jefe, necesito dos tramos de tubería PVC para que me conecten el agua. No tengo tiempo para esas vainas. No me jodas la vida. Te firmaré una nota para que vayas con el representante de corregimiento. Los legisladores nos preocupamos de asuntos más serios.

Pero tú sí escuchas sus problemas cada vez que sale en fuego de la casa de su querida. Es un tronco de hembra; pero voy a tener que dejarla. Nada más se la enseño y queda preñada. Le he pagado dos abortos y ya necesita el tercero. ¡Eso es un crimen, jefe! No te me vengas a dar de moralista. Eres un pobre aguevao. Tienes el cheque lleno de estrellas, a punta de pensiones alimenticias. No es verdad que me van a amarrar con un pelao. Para parir, tengo a la señora. Pero es que uno debe ser responsable, jefe. ¡Un carajo! Además, qué me puede enseñar de mujeres un tipo como tú, casado con una negrita fea, flaca y desdentada. Una hembra así quita las ganas.

La otra noche se quejó. Le estaban saliendo escamas. No vaya a ser que me ha picado la víbora. Vigílame a esta mujer, quieres, que no me agarre de pendejo. No se preocupe, jefe. Yo la pillo como se haya conseguido un barbarazo.

La mujer no lo estaba quemando. La vigilé una semana y nada; pero el jefe seguía de lo más raro. Ya sólo usaba camisas de manga larga. A cada rato, le echaba sus carajazos al médico que le había asegurado que no le encontraba una causa a las escamas, no tenía nada malo, seguramente era efecto del estrés.

Debía ser así. El jefe no soportaba las tensiones. Cuando le planchaban un proyecto en la Asamblea, no me lo decía; pero yo me daba cuenta a la mañana siguiente. No me hables una palabra. Vengo con un humor de los mil demonios. Mi señora estuvo fatal anoche. Tuve que hacer todo el trabajo. Está perdiendo los papeles en la cama. Y es que algo extraño le pasaba. Una tarde, cuando entré en su despacho, escondió las manos rápidamente; pero, aún así, noté que ambas se le habían encogido y tenían solamente cuatro dedos.

Mi hermana se quedó sin trabajo, jefe. ¿Está buena? Tiene su cualquier gracia. ¿Y lo afloja o se anda con mucho cuadro? Sea serio, jefe. Ella es una mujer casada. Por eso no. Mi secretaria también y lo da sin asco. Tienes demasiado que aprender, muchacho. Las mujeres nada más que son buenas en la cama y en los almacenes. Si tu hermana quiere trabajar, todo depende de ella; dile que venga. Ahora que me acuerdo, jefe, ayer la llamaron de una fábrica. Sí, ayer en la tarde. No se preocupe. Gracias de todas maneras. Es mejor así, después vas a querer más favores si me la tiro.

Desde ese día, no volvió a hablarme de las escamas. Incluso se enojó una vez cuando se las mencioné. Voy a tener que botarte. Eres un atrevido y gozas metiéndote en lo que no te importa. La gente como tú acaba muy mal en este país. Contra, jefe, no lo agarre por ese lado, si le pregunto cosas es porque me interesa su salud. No me vengas con aguevazones. Yo siempre he sido un tipo sanote. No le toqué el tema nunca más. Necesitaba el trabajo, tengo como siete pelaos y mi par de frentes. No soy tan tonto como para no saber cuando no me conviene un asunto.

Ni siquiera me importó que le saliera una escama en la punta de la nariz. Allá su mujer o sus queridas que le dijeran algo. Para eso estaban ellas. Yo apenas era su chofer y quería continuar siéndolo, hasta que consiguiera alguna chamba mejor. No iba a arriesgarme por satisfacer una curiosidad.

Esa noche, regresamos a su casa. ¿A qué hora quiere que lo pase a recoger, jefe? ¿Quién inventó que podías irte, perro? Espérame un rato, vuelvo enseguida. El Embajador ofrece un fiesta en su residencia. No quiero presentarme con las manos vacías. Voy a llevarle una botella de champaña. ¿De las que le regaló el tipo al que ayudó con la licitación? Cómo te gusta repetir pendejadas. Esa champaña la compré con mi plata. Bien sabía yo que eso no era así; pero de nada me valdría discutirlo. Jamás lo vi sacar nada de su bolsillo para dárselo al Míster. Escogía las cosas que no le gustaban, entre aquellas que le habían regalado, para quedar bien con sus amigos.

Esa noche, el jefe se demoraba una barbaridad. Se me ocurrió que se había quedado dormido, como tantas otras veces que venía cansado de la Asamblea y quería irse de rumba, y decidí entrar a buscarlo. Ya sabía que si lo dejaba así y se la perdía, me daría una lata increíble durante varios días. Estás aguevao.

Apuesto a que si hubieras necesitado para el pasaje, me habías despertado. ¡Cómo carajo me dejaste dormido! Mi mujer en Punta Chame, con los pelaos, y yo pasando la noche solo. Con la cantidad de hembras que van a esas fiestas a buscar lo suyo. ¡No seas tan maricón! Ahora vas a tener que trabajar en carnavales, si no quieres que te eche a la calle como un perro. No quiero ni saber.

Había dejado abierta la puerta de adelante. Nada en la sala. Nada en el estudio. En el corredor soplaba un viento frío. Llegué hasta su cuarto. Un bulto oscuro se movió despacio sobre la cama. Lo delató el modo peculiar como se arrastraba. No tardé en reconocerlo. Pero nadie lo sabría si yo no lo contaba. Era la oportunidad perfecta para un tipo como yo, casado con una negrita fea, flaca y desdentada. Así que pensabas joderme los carnavales.

Sonriente, tomé un bate del armario y lo dejé caer con todas mis ganas sobre la cabeza del reptil.

Félix Armando Quirós Tejeira nació en la ciudad de Panamá el 21 de enero de 1959. Licenciado en Ingeniería Civil por la Universidad Tecnológica de Panamá. Labora en el Instituto de Acueductos y Alcantarillados Nacionales. Obtuvo el primer premio en el Concurso de Cuento "Darío Herrera" de la Universidad de Panamá en 1993.

Ha publicado cuentos en las revistas "Maga" y "Umbral", así como reseñas críticas en "Tragaluz", suplemento del diario "El Universal".

Obra: Cuento: *Continuidad de los juegos*, *Miel de luna* y *La ciudad calla*.

LA PALOMA

ALLEN PATIÑO

La añosa señorita de espalda erecta y pecho de paloma sonrió con ternura cuando, fiel a su costumbre mañanera, el ave se posó en el alféizar de la ventana. La mañana de noviembre era gris y húmeda, pero la dama de blancos cabellos recogidos en un pulcro moño, mejillas discretamente empolvadas y blusa marfil de encaje ceñida a la cintura (recuerdo de un talle de avispa esculpido por la asfixiante y lejana tortura del corsé) no sentía incomodidad alguna: sus tobillos iban enfundados en gruesas medias de lana y de sus hombros colgaba el chal bordado en las recientes tardes de otoño.

–Buenos días, querida... –un tanto brusca, la paloma revoloteó. –Huy, qué modales, una señorita no se permite semejantes aspavientos –el ave protestó. –Sí, sí, ya sé que tienes hambre pero ten un poquito de paciencia.

Con parsimonia apartó agujas de tejer, ovillos de lana y, dejando un rastro apenas perceptible de jazmín, se incorporó de la mecedora de mimbre. Sus pasos como huellas de golondrinas avanzaron sobre el linóleo carcomido por la humedad. De la mesa tomó una cesta cubierta por un paño inmaculadamente blanco y, acercándose a la ventana, complació las urgencias de su invitada poniéndole en el pico trocitos de pan.

–Caramba, qué apetito tienes. Te conozco bien y creo que hoy estás nerviosa, ¿ocurre algo? A ver querida cuéntale todo a tu vieja amiga... Juraría que es asunto de amores ¿verdad? Ah, el amor, siempre el amor... A propósito te contaré algo gracioso: cuando tenía tu edad mis enamorados decían que yo tenía ojos de paloma. Supongo que lo hacían para halagarme, pero lo único que conseguían era ponerme de mal humor ¿cuándo se ha visto? ¡Ojos de paloma! No, no te ofendas, querida, lo que intento decir es que... Pero no cambies de tema y sigue comiendo. Creo que últimamente has adelgazado un poco, ¿verdad? Muy mal hecho. Tía Florita, la solterona, siempre me decía "Jovencita métase bien esto en la cabecita: nunca permitas que un chico bonito te robe el apetito". Pobre tía Florita ¿por qué nunca se casaría?

74

Ahora toma tu lechita: los chicos necesitan calcio para crecer sanos y fuertes. Así, eso es, eres buena chica. A mí, en cambio, la leche me daba asco; pero ahí tienes el resultado: nunca crecí. Por eso me irritaba que Gabriel me llamase *palomita*, siempre me molestó ser tan bajita.

El ave entornó los ojos y ladeó la cabeza, después metió el pico entre las plumas y se rascó. –¡Pobre Gabriel! Murió tan joven, en la flor de la edad... Pudimos ser tan felices... Lucía tan apuesto con su flamante uniforme. Todas las chicas estaban enamoradísimas de él; todas se ponían verdes de envidia cuando nos veían dar largos paseos por el parque...

La anciana se pasó una mano por los cabellos y sonrió –Sí, porque aunque no era la más bonita, entre todas ¡él me eligió a mí! Se me declaró una preciosa tarde de verano, en el jardín, rodeados de mirtos y gardenias. Todo hubiese sido perfecto de no ser por una abeja maleducada que lo pinchó en la nariz, ¡pobre Gabriel! Yo me asusté mucho y lancé un gritito (no muy fuerte, no quería ser molestada). Y ¿puedes creerlo? aunque me moría por darle el sí, apreté los dientes, cerré los ojos y le dije con aire indiferente "lo pensaré". ¿Sabes por qué lo hice? Porque a resultas del accidente, la nariz le iba creciendo y creciendo... ¡No parecía el Gabriel de hacía un rato, tan buen mozo! Además, claro, una señorita jamás acepta ser novia de nadie así como así. Y aunque normalmente la que se muere de ganas es ella (yo tenía motivos de sobra: ¡iba a cumplir veintidós!), corresponde a él pedirle la mano a una; y no sólo una, sino muchas veces.

76

La paloma lanzó una mirada triste. –Sí, el día de su partida fue triste, muy triste. Me da vergüenza confesarlo, pero en nuestra despedida fuimos muy osados: me besó aquí a un ladito de la boca... ¡Fue tan romántico! Todavía recuerdo cómo su bigote rojizo me hacía cosquillas. Claro, tuve que poner cara de circunstancias y soltar alguna lagrimita. No, no seas cínica, no fingí nada, palabra de honor. Fue un momento emocionante: él me regaló un ramito de violetas que todavía conservo (como tú comprenderás he tenido que reponer el ramo algunas veces: las violetas no son eternas). ¿Qué por qué lo sigo haciendo? ¡Qué sé yo! Tonterías de adolescente... ¿Por dónde íbamos? Ah, sí. Él me regaló las violetas y yo le regalé un retrato miniatura: "Para mi inolvidable Gabriel..." Brrr... ¡todavía se me pone la carne de gallina al recordarlo! Nos miramos apasionadamente.

Él me dijo "Espérame, alma de mi alma..."; yo le dije "Te esperaré...".

La paloma esponjó su capucha marrón y meneó la cabeza. –De acuerdo, no le dije nada... ¿Cómo querías que lo hiciera? Las rodillas me temblaban... ¡Tenía un nudo en la garganta! (era el atuendo de moda). La emoción me impedía hablar: no pude decir nada... Creo que le parecí un poco tonta.

El tren partía. ¡Teníamos que separarnos! Le tomé de la mano (sin querer le clavé las uñas porque el pobre hizo una mueca) y con los ojos muy abiertos nos juramos amor eterno. ¡El tren partió! Gabriel no tuvo más remedio que echar a correr. Con tan mala suerte que resbaló en un charco y se fue de bruces. Los chicos se rieron, yo me asusté "No es nada, cariño..." me dijo. "Adiós...".

Yo agité mi pañuelito de seda. "Adiós...".

Mi hermanita lloraba a moco tendido... ¡Los niños son tan sentimentales! (después me enteré que lloraba porque su primito le había arrancado un ojo a su muñeca).

–No lo niegues, picarona: te he hecho sonreír, ¿verdad?

Después de comer, la invitada empezó como siempre, a gorjear.

–Huy, qué modales. Creo que eres un caso perdido.

La paloma clavó sus pupilas renegridas en los ojos húmedos de la anfitriona, aleteó un par de veces y se echó a volar por los balcones neblinosos.

Allen Patiño nació en David, Chiriquí, el 1° de febrero de 1959. Profesor de Lengua y Literatura; teatrista. Tiene Maestría en Literatura Hispanoamericana por la Arizona State University, obtenida mediante beca Fulbright. Mereció el Premio Nacional Signos de Joven Literatura Panameña (1991); el premio del Concurso Nacional de Cuentos "César A. Candanedo" (1997) y el Premio Signos de Ensayo Literario "Rodrigo Miró Grimaldo" (1998). Ha publicado en la revista *Maga*. Ha sido profesor de Linguística y Composición en la Universidad Autónoma de Chiriquí. Es Director de la Biblioteca de la ciudad de David, Chiriquí.

Obra: Cuentos: *Con las azoteas rotas*, *La derrota y otros relatos* y *El vado de Yaboc*. Ensayo: *Agua, mirada y exilio*.

HOLA, SOLEDAD

ARIEL BARRÍA ALVARADO

Desde hace meses comparte con nosotros, taciturno, la mesa de los viernes, después del trabajo. Habla poco, ríe menos, sonríe siempre. Está lejos, y todos lo comprendemos.

El divorcio es, debe ser, un paso difícil. No creo que alguien esté preparado para eso. Nosotros hicimos lo posible por reintegrarlo a la vida normal, para no dejarlo que se hundiera en la depresión del abandono. Algo hemos hecho, porque aún lo arrastramos hasta la mesa de los viernes, donde antes siempre nos divertía con sus anécdotas. Hasta intentamos trivializar su pena, como cuando le dije, unos tres viernes atrás, que cuál era su apuro por irse, si ya nadie lo esperaba en casa. Él contestó:

–Ahí me espera Soledad, siempre.

Nos alegró el rato su respuesta. Desde entonces, cada vez que insiste en irse, cuando paga todas las rondas consumidas y las dos que vienen por delante, nos reímos (con él, no de él) diciéndole:

–Déjenlo. Soledad lo llama.

Y él asiente, como complacido, y sale y se va y nosotros quedamos buscando nuevas formas de traerlo a la vida. Algunos dicen que hay que darle tiempo, otros que se va a morir de cabanga, y no falta nunca el que se hace el gracioso preguntando de nuevo por qué fue que lo dejó su mujer, sólo para que alguien conteste, como si fuera la primera vez, que lo dejaron por infiel. Y nos reímos con ganas (ahora sí de él) hasta que las copas borran el tema y la chica de la blusa breve que se inclina a limpiar la mesa nos sugiere otros temas más productivos en ese momento.

Cada día es más difícil dejar la mesa de los viernes. Son buenos amigos, pero ahora pesan demasiado en mi vida. He ensayado todos los medios para librarme de ese compromiso, pero nada; ellos insisten y reconozco su buena fe. Por eso le robo a Soledad esos minutos (hoy fue una hora) y se los regalo a ellos, aunque si lo pienso bien no les dedico ni uno.

Desde que terminó mi matrimonio todo ha sido más sencillo, excepto por estos viernes en la tarde. Ya no se necesitan las mentiras ni las medias verdades de antes; ahora puedo salir del trabajo y venir aquí, tarareando nuestra canción, mientras ella me abre la puerta con su sonrisa de siempre, con su amor de siempre, y me besa con pasión (como ya había olvidado que se besaba) y me trae a la vida con sus ojos de gata, con su ronroneo de gata, con sus uñas de...

Voy a tener que buscar un medio para obviar estos viernes que atrasan todo lo que me espera apenas abro esta puerta y digo el mágico y tan esperado por ambos:

–Hola, Soledad

Ariel Barría Alvarado nació en Las Lajas, Chiriquí, el 23 de marzo de 1959. Profesor de Lengua y Literatura en la Universidad Santa María La Antigua, crítico literario y promotor cultural. Funcionario en la Dirección de Relaciones Públicas de la Policía Nacional. Ganador del Premio "Universidad" (Universidad de Panamá), en cuento (1987); del Premio Nacional de Cuento "César A. Candanedo" (1998); del Concurso Literario "Ricardo Miró" (2000) como novelista y del Premio Nacional de Cuento "José María Sánchez" (2002).

Obra: Cuentos: *El libro de los sucesos*, *Al pie de la letra* y *En nombre del siglo*. Novela: *La loma de cristal*.

LOS MOTIVOS DE CASTEL

DAVID G. RÓBINSON O.

Sin armas ni recursos ni alternativas, salvo aquella mirada insulsa repleta de tonterías. Así era yo cuando estaba frente a ella. Nunca pude dominar tal situación. La conocí en la discoteca del hotel con nombre de santo, donde, por lo general, se escucha mucho merengue. Cualquiera diría que en medio de esa música tan agitada no hay espacio para el romance. Todo lo contrario, no sólo la sangre sube de temperatura, también las hormonas y lo que comienza siendo un ejercicio aeróbico termina siendo el desaforado ritual canino. Por las ansias, buscar dónde fue una labor tormentosa; tanto que al desvestirme, el mero roce de la ropa casi me hace culminar anticipadamente. Por suerte no fue así y pude cumplir. Siguieron otras veces, siempre llenas de esfinges y misterios; de silencios como respuesta. Otras veces eran locos retos de forma y lugar. Creo que la vez más salvaje fue en un ascensor entre la planta baja y el décimo piso.

Pero desde el día que la conocí, un gusano comenzó a reptar sobre la mucosa de mis entrañas. Esa discoteca, la del hotel con nombre de santo, no se caracterizaba precisamente por el buen nombre de sus asistentes, sino por el contrario, por lo terrible de la fama de sus acciones. Sólo este hecho me puso a la defensiva. Una defensa endeble, pero defensa al fin. Ella nunca respondía claramente a mi inquietud. Hablarle sobre el tema era navegar en mares plagados de tintoreras*. Con un *no sé* o un *quizás*, dejaba laceradas las piernas de mi alma, frustrando así cualquier posible huida. Eso me lastimaba. Cuando le preguntaba, sus besos quemaban con pasión mi boca mientras sus manos colmaban de ternura mis cabellos; aun así, jamás dio una respuesta directa a una pregunta directa. Unicamente callaba y sus ojos desilusionados, me condenaban. Nunca tuve una respuesta definitiva, nunca calmé mi inquietud, nunca supe si de verdad me quería, si yo significaba algo más que un momento para ella. Le era tan fácil salir a bailar con otro en la discoteca; sólo me decía *ahora vengo* y se introducía en la

83

* Tintoreras: tiburones.

pista de baile. El día que la conocí ¿a quién le diría *ahora vengo?*

¿A quién? ¿A quién? Decía que a nadie, pero el tono de su voz no me convencía. Si le hubiese creído me habría evitado el dolor. Esos miserables celos clavaban sus colmillos de víbora en las carnes de mi vientre hasta lograr convulsionarme. En su ausencia, pensar las infinitas posibilidades de lugares donde podría encontrarse me provocaban las más graves fiebres y naúseas; más, al pensar en las infinitas posibilidades de aventuras con otros tipos que podía tener. Pero nada me enfermaba tanto como hacerme la siguiente pregunta: ¿y si yo era una aventura?

Vivía entre ausencias dolorosas, intensos encuentros eróticos y largas discusiones. No soportaba las nubes de humo que la rodeaban; su pasado, presente y futuro despertaban única y absolutamente dudas en mi persona. ¿Estaría yo incluido en sus planes? A pesar del ardor y la pasión nada indicaba que así sería. No soportaba tanta incertidumbre. ¿Qué le costaba darme algo de seguridad?

Por eso, para evitar el dolor agudo de mi vientre y alejar los colmillos de víbora, decidí realizar la mejor defensa: atacar y terminar con esta absurda situación. Después de muchos rodeos temerosos, me convencí de que debía no sólo eliminarla de mi vida sino de la vida. Me faltaba el valor para hacerlo yo mismo pero no me atrevía a contratar a alguien. ¿Y si por mala suerte contrataba a uno de sus negados amantes? Yo tendría que hacerlo. Muchas horas de planes y decisiones se alternaron con angustias y arrepentimientos. Pero las discusiones y los ataques de celos se hicieron demasiado abundantes como para no hacerlo. Su asesinato finalmente tomó forma en mi mente: un cuchillo clavado en su pecho en la misma discoteca donde la conocí. Tal vez en el baño o en la misma pista, no sé, pero sí después de que me dijera *ahora vengo*.

Con paciencia aguardé la noche adecuada, la noche donde no hubo discusiones. Bailamos, comimos, bebimos, hubo besos, caricias y a la mitad de una íntima conversación, un tipo vino a sacarla a bailar y ella aceptó. Largos minutos duró la espera. Una furia sorda colmó mi espíritu, una furia que guiaba mi mano hasta su pecho. Al rato, ella regresó a la penumbra de nuestra mesa; regresó, me dio un gran beso y me dijo al oído: "Ves que siempre regreso a tus brazos". Saqué el cuchillo, mi corazón y pulmones triscaban bestialmente, un sudor frío pobló la piel de mi cara; pronto sentí el efecto de su persona sobre la mía y posando mis ojos sobre ella, con aquella mirada insulsa repleta de tonterías, solté el cuchillo sobre la alfombra y dejé que me besara.

David C. Róbinson O. nació en la ciudad de Panamá el 9 de noviembre de 1960. Licenciado y Profesor de Biología por la Universidad de Panamá. Egresado del Diplomado en Creación Literaria de la Universidad Tecnológica de Panamá. Labora en el Colegio Elena Ch. de Pinate. Fundador de la Editorial Casa de la Orquídeas. Obtuvo el primer lugar en cuento en el Concurso Pictórico y Literario del IPEL (1993); en el Concurso "Nacho Valdés" (IPEL 1996) y en el Concurso Nacional de Literatura Juvenil e Infantil (EUPANA, 1998).

Ha publicado en las revistas "Maga" y "Umbral". Ha dictado talleres de cuento. Obra: Cuentos: *En las cosas del amor* y *Vértigo*. Poesías: *Soledades pariendo* y *La canción atrevida*.

LA PIEDRA DE SACRIFICIO

BOLÍVAR APARICIO

La costa se extendía plácida con su encaje de espuma salobre, conchas nacaradas y rumor de especies marinas.

La sombra marcaba las cuatro p.m. en los pasos del desorientado Quintín Flores.

–Del negro Jube, nadie se escapa, joven. Pero, como le dije, siga la costa, no se aparte.

Apremiante fue la indicación que le dio la vieja costeña donde se hospedaba, al novel fotógrafo del sumplemento turístico "Natura".

Al cabo de un tiempo, él ya no pudo seguir los consejos de la mujer. El mar ocupaba todo un tramo de costa –Maldita vieja– dijo. Calculó el problema. No había más alternativa que entrarle a la tupida montaña.

–Si doy un breve rodeo, sin perder de vista el mar, fácilmente puedo alcanzar el otro extremo de playa.

–Virgen –pensó. –La montaña virgen.

Y asociando ideas se acordó de Paula. Fue fácil llenar sus azules de rojos excitantes, que levantaron sus pezones de ébano en dirección a sus labios. En cinco días de trabajo en la aldea, recogió imágenes del paraíso, acompañado de una púber mulata. En un recodo de la costa, una laja le sirvió de piedra de sacrificio, donde él, como experto oficiante supo hacer fluir entre besos y caricias un fino hilo de sangre que corrió temeroso a esconder su mancillada virginidad entre la espuma del mar.

–Mi papá te va a matar, cuando regrese, tienes que irte...

–No seas tonta, cómo se va a enterar si no le dices – replicó.

La joven, entre lágrimas, explicó al incrédulo citadino el peligro. Su padre, viejo pescador, era respetado y temido por sus secretos.

Durante el tiempo que permaneció Quintín en la aldea, el viejo se encontraba montaña adentro buscando hierbas curativas.

Más que creer, lo que movió al fotógrafo a escapar fue el no hacerle frente a un viejo iracundo.

Los pinchos de un limonero le rasgaron el antebrazo izquierdo, chupó la sangre y volvió a maldecir a la vieja. Extrañamente el breve rodeo se había prolongado. Auscultó el follaje para oír el mar y lo único que percibió fueron los latidos de su corazón.

Decide volver sobre sus pasos, pero no encontró nada que lo guiara. Se detuvo, respiró profundo, para aclarar sus pensamientos. Una sed abrasadora, acelerada por la sofocante vegetación, lo agobió. Por fortuna, a unos cuantos pasos se topó con unos cocoteros.

89

—Mi reino por un cuchillo –gritó.

No halló nada con que abrir. En vano la arrojó contra el suelo y la palma (compacta era la fruta) no cedía. Un ruido seco le hizo girar a su derecha; a tres metros, un curtido campesino abría en dos los cocos con su filoso machete.

—Tiene sed, paisano.

—Si es tan amable en abrirme un coco, se lo agradecería mucho.

—Y se puede saber, qué hace el señorito por estos lares.

—Voy a la aldea de Comagre, pero creo que me perdí.

El rústico abrió un coco de un solo tajo y se lo ofreció mientras le decía:

—Nadie se pierde de la vista de Dios.

Un frío estremecimiento le puso la carne de gallina. Calmó su sed. El viejo le guió por la espesa vegetación que parecía abrirse sola. No tardaron mucho en llegar a la costa. Se sintió feliz. Quiso tener un recuerdo del viejo, quitó la tapa del lente, ésta rodó por la piedra, al inclinarse para recogerla reconoció la laja. Las piernas le fallaron, calló de rodillas, y al enderezar la trémula cabeza, un rayo de plata le robó el alma, tenue era el hilo de sangre que corría temeroso a esconderse entre la espuma del mar.

Bolívar Aparicio nació en la ciudad de Panamá el 28 de octubre de 1962. Teatrista y maquillista.

Ha publicado cuentos en la revista "Maga". Obra: Cuentos: *La mujer de papel y otros cuentos* y *El Corredor Este*.

PAJARO SIN ALAS

AIDA JUDITH GONZÁLEZ CASTRELLÓN

No era bonita, pero emanaba una energía y un entusiasmo que a todos encantaba. Tenía la facilidad de hacer las cosas más inverosímiles y continuar así, como si nada, sonreída, dejando a todo mundo boquiabierto y, encima, sin que chocara. Como lo de la falda. Eran los tiempos en el colegio de llevar alfileres para recogernos la basta antes del recreo y antes de la salida. Treparnos la falda lo más arriba posible, unos tres, cuatro o cinco centímetros, dependía del valor que cada cual poseyera.

Después en el recreo había que jugar a caminar con mucho cuidado en el campo "minado" de profesores, supervisores o alguna "sapa" compañera, y si te encontrabas con el director, ¡bum! La bomba mayor: cita con el acudiente y el sermón de las siete palabras más suspensión por un día. ¡Qué exageración!

Ella sin embargo apareció un día con la falda larguísima, yo creo que como cinco centímetros más arriba de los tobillos, y lo que en otra cualquiera hubiera chocado, en ella era considerado una extravagancia, nadie la criticó. Hasta dejamos de ponernos alfileres en las faldas.

Era hasta gordita, sin que eso le preocupara. En cambio, la mayoría de mis amigas en aquel tiempo (y sin que así lo percibiéramos) éramos flacas, pero vivíamos por adelantado las torturas de las dietas.

No recuerdo cómo fue que nos hicimos amigas estando ella en el último año de la secundaria y yo apenas en el tercero, pero su amistad me concedía cierta jerarquía en mi clase. A través de ella conocí a muchachos de los años superiores, sus amigos, que por contigüidad fueron amigos míos; y yo me vanagloriaba de ello ante mis otras amigas. Su energía de alguna manera me llegaba.

Era mi amiga especial. Me alimentaba con su seguridad y yo tal vez la retroalimentaba con mi admiración.

Después de graduarse no la volví a ver. Alguien me contó que se había ido a Nicaragua a luchar en la guerrilla sandinista, pero a mí no me extrañó nada. La conocía tanto como al otro lado mío que siempre quiso ser así pero ha vivido doblegado al yo que realmente soy. Hacía las cosas sin pensarlo, sin obligación, por impulso. Todavía después de veinte años su influencia ejerce cambios en mi vida. Haberla encontrado ha sido un choque para mí, y me pregunto si no lo fue también para ella. Maltratada por los años, mucho más de lo que debiera y ahora sí francamente obesa, mantenía aún su cálida sonrisa.

Fuimos a comer a un restaurante y me contó que efectivamente estuvo en la guerrilla en Nicaragua donde conoció a un sandinista del qué se enamoró y del que quedó embarazada; pero por cosas del destino y de la guerrilla los perdió (al bebé y al sandinista). Sin inmutarse en razonar si era su lucha o no, o si valía la pena (eso es lo que concluyo), regresó a Panamá. Estudió algo de bellas artes por un tiempo; pero como las cosas se estaban poniendo difíciles y con su pasado aún más, no pudo conseguir trabajo. Decidió entonces irse para Canadá a probar suerte. No recuerdo dónde fue que me dijo que la ubicaron, pero su trabajo consistía en recoger manzanas para la exportación.

–Estar en la guerrilla era más fácil –me dijo.– Teníamos que estar agachados todo el santo día y para colmo unos te hablaban en inglés y otros en francés y yo que para ese tiempo con sólo el español contaba.

Terminó ingresando a los Estados Unidos como ilegal. Allí aprendió muy bien el inglés y trabajó como extra en algunas películas. Aún siendo ilegal conoció a un gringo del que "sí se enamoró", pero tuvo que dejarlo por cuestión de ideología. Después vino lo de las fotos.

–¡¿No lo supiste?! Conocí a un checo periodista con el que compartí muchas luchas e ideales. Nada de romance, pero él me metió en el mundo de la fotografía y así fue como nos fuimos contratados por una asociación ambientalista para tomar fotos de animales salvajes en su hábitat a Africa. La experiencia fue fantástica, pero yo no me conformé con eso; empecé a tomar fotos de otra especie más interesante: el hombre. Y así fue cómo me gané el concurso de la UNICEF con fotos de niños y madres desnutridas de Somalia.

Había regresado a Panamá con la idea de escribir una novela.

–¿Y tú? Cuéntame, ¿qué has hecho?

Yo, que hasta ese momento la escuchaba fascinada, tuve que aterrizar forzosamente en mi memoria.

–Bueno... soy contadora pública autorizada en una importante firma de auditores. Me casé y tengo un niño de diez años.

94

Lo dije sin el orgullo acostumbrado de otras veces, más bien como pidiendo disculpas. Me daba pena ver cómo podía sintetizar mi vida en tan pocas palabras, mientras la observaba devorar con total satisfacción las costillitas en salsa agridulce especialidad de la casa, sin mostrar la menor actitud de crítica o reproche.

Conversamos un rato más sobre los amigos conocidos hasta que ella se despidió. Se levantó, aun con todo y su sobrepeso, liviana; y se fue. Yo me quedé sentada ahí en la silla después de escucharle su historia, atada con los grilletes de la rutina, la responsabilidad, la cordura, la razón. Atada a mi presente y mi futuro. Y así fue que finalmente comprendí que siempre he sido un pájaro sin alas.

Aida Judith González Castrellón nació en la ciudad de Panamá el 4 de diciembre de 1962. Médica pediatra con especialización en cardiología, estudió en la Universidad de Panamá y en México, D. F. Ganadora del Premio Nacional de Cuento "José María Sánchez" de la Universidad Tecnológica de Panamá.

Ha publicado cuentos en la revista "Maga". Obra: Cuentos: *Pájaro sin alas y otros cuentos* y *Espejismos*.

MENTIRA

ROGELIO GUERRA ÁVILA

Llegamos con las primeras luces a San Sebastián de los Linderos, un pueblito de quimeras errantes entre las heladas crestas de la provincia chiricana. Viajaba yo como asistente del doctor Elías Pastor, funcionario de la medicatura forense de David quien me pidió que lo acompañara a atender un imprevisto de urgencia que desde muy temprano había estremecido a aquella encantadora gente: doña Quelita Barahona, ilustre dama de la comunidad, amada y respetada por todos, había amanecido muerta en su cama de soltera a la sorprendente edad de noventa años.

Yo, que hacía mi pasantía de medicina en una clínica rural de Potrerillos, vi en su invitación una buena oportunidad para estudiar el efecto devastador de los años en el cuerpo humano. Pero olvidé mi interés científico cuando el doctor Elías Pastor me habló con una pasión irresistible de aquella incomparable mujer. Durante el viaje, que con buen tiempo toma casi dos horas de ascenso por una carretera de curvas sinuosas, me contó que la había conocido bien y se sentía con la suficiente autoridad para evocar su vida.

Doña Quelita había llegado a estas tierras siendo una adolescente floral, y era tan hermosa que su sola respiración trastornaba hasta los corazones más reacios, y sus admiradores, en cuyas filas figuraban desde tímidos labriegos hasta terratenientes de largos apellidos, suspiraban de amor con el brillo de sus ojos alemanes y el ondular de su cabellera de anémona marina. Fue, durante dieciséis años, la indestronable reina de belleza de cuantas fiestas pueblerinas se realizaran y hasta hubo intenciones serias de nombrarla novia del mundo. A los veintiún años se comprometió en matrimonio con un joven de buena familia cuyos aires de príncipe eran la envidia de no pocos, pero la desgracia les empañó la dicha cuando éste murió abatido a tiros en un duelo de honor en un billar la noche antes de la boda.

Herida de dolor por la pérdida, doña Quelita renunció al amor y se entregó en cuerpo y alma a servir a los menos afortunados. Con el esmero de una santa dividió su tiempo enseñando a los niños de la escuela de los Montes o atendiendo mendigos y enfermos en la iglesia de la Sagrada Gloria. Con el paso del tiempo no hubo en el pueblo mayor autori-

97

dad que su voz, y ni los gobernantes se atrevían a tomar decisiones sin contar con su parecer. Sin embargo, lo que mayor gloria le otorgó fue su indiscutible olor a santidad, pues era claro que ella estaba dispuesta a repartirse en pedazos entre los más pobres, si así fuera necesario. Éstas y otras muchas cosas que el doctor me refirió conmoviéronme hasta las lágrimas porque me pareció hermoso pensar que Dios, en su infinita misericordia, aún nos regala personas especiales para compartir la vida.

Por eso, al terminar la autopsia de rigor, hemos preferido guardar el gran secreto que doña Quelita se llevó a la sepultura, pues no está en mis manos ni es mi intención acabar con el grato recuerdo que tan insigne mujer dejó en este pueblo, no porque no lo fuese en verdad, sino porque sería indigno revelar que ella, la más amada por todos, la luz en las tinieblas, el aliento de los tristes, la esperanza de los pobres, había sido bautizada en la Gracia de Dios con el nombre de José de Todos los Reyes Varón.

Rogelio Guerra Ávila nació en la ciudad de Panamá el 21 de septiembre de 1963. Licenciado en Contabilidad por la Universidad de Panamá. Obtuvo el primer lugar en el Concurso de Cuento ''Darío Herrera'' de la Universidad de Panamá en 1992. Ha ganado el Premio Nacional de Cuento "José María Sánchez" de la Universidad Tecnológica de Panamá en 1996 y 1997. En 1997 obtuvo un accésit en el Concurso Nacional de Cuento "César A. Candanedo". Ganador en dos ocasiones del Concurso Literario "Ricardo Miró" como novelista.

Obra: Novelas: *Cuando perecen las ruinas* y *El largo camino de regreso*. Cuentos: *Lo que me dijo el silencio* y *El suicidio de las Rosas*.

HOMBRE Y MUJER

CARLOS ORIEL WYNTER MELO

Verónica es una escultora genial. De la corriente realista y hacedora de cuerpos femeninos, modela el barro como Dios seguramente torneó la costilla. Comprendía su género más que el de los hombres.

Conoció a Agustín en una galería. Al principio sólo les gustó hacerse el amor. Luego, con ánimos de compartir sus vidas, se mudaron juntos a un pequeño apartamento.

A los pocos meses de unidos, ella quedó embarazada. Hombre con todas las de la tradición, Agustín insistió en que no saliera de casa. Él, comerciante de arte, vendía las obras. Pero en el ambiente bohemio, no sólo hacía negocio sino que se echaba sus tragos y cortejaba mujeres.

Verónica, que tiene aguda intuición, sabía que la traicionaba.

—Agustín —le dijo—, tú no sabes lo que es ser mujer; me siento usada, no sé si me quieres realmente o sólo soy la que esculpe y la que coge.

Con el tiempo eso no fue cierto. El niño había nacido y algo de Verónica había nacido en Agustín: los gestos, las costumbres, los hábitos. Y eso tenía de fondo un mirarse en el espejo, un comprender lo que ella sentía porque, poco a poco, lo sentía él también.

Verónica dormía sobre el cuerpo de su hombre y le hacía caricias en el pecho hasta la madrugada. No notaron que el pezón de Agustín fue creciendo.

Una mañana él tuvo sobre su pecho un apéndice redondo y henchido. Después del susto inicial y de mirarlo con detenimiento, no hubo lugar para la duda: a Agustín le había crecido una teta. Para Verónica fue una experiencia luminosa.

—¡Como yo, Agustín, eres como yo!

¡Pero no era sólo un seno, sino que era el seno más hermoso que hubiera existido jamás!

Aunque Agustín callaba, tratando de mantener la hombría, lloraba por dentro.

Al principio lo ocultaron; siempre era posible aplastar el pecho con vendajes y cubrirlo con la ropa. Agustín tenía la esperanza de que desapareciera. Pero un día, al Verónica quedarse sin leche para el niño, la teta de Agustín sirvió para alimentarlo. Y llegó un inoportuno visitante, un pintor. Y en las prisas de abrir la puerta y ocultar el seno, para que todo pareciera normal, la teta quedó mal cubierta.

–¿Qué es eso, Agustín? ¿Un seno? –dijo el invitado–. Ese es un seno hermoso, Agustín, realmente.

Ya no había modo de negarlo. Conversaron Verónica y el pintor con mucho alboroto. Y primero él insistió, luego ella, en que Agustín fuera parte de un montaje artístico. Comprometida con su arte, ella le rogó a su pareja que dejara de lado los miedos y compartiera la magia de la naturaleza con otros.

–Tú no sabes lo que es ser hombre... o dejar de serlo un poco –dijo él–. ¡Me van a hacer trizas!

–Tus amigos son gente de arte, Agustín: ¡se van a maravillar!

Debilitado por una honda depresión, accedió a sus peticiones.

Agustín, pintado cada mitad de colores diferentes, como si lo hubieran partido, representaba una figura andrógina. Lo pararon en medio de pinturas y esculturas, con el deber de imitar una estatua. Llevaba por todo vestido una toga al estilo griego.

La gente pasaba en raya la mayoría de las obras y se quedaba mirando a Agustín (Agustina) quien, tomando en serio su papel, no movía un músculo.

Llegó el momento en que absolutamente todos los visitantes rodeaban a Agustín. El más osado tocó el seno. Agustín no se movió.

–¡Es de verdad! –anunció el atrevido–. ¡El seno es de verdad!

Y el resto de las personas, en un tupido murmullo, hablaron de la hermosura del seno. Ya descaradamente, se acercaron, sobre todo hombres, a darle suaves caricias, a apretarlo y unos, incluso, le dieron besos agresivos, con lenguas inquietas. Agustín no se movía.

Verónica había observado todo con un dolor propio; vio su reflejo. Ahombrada caminó hacia el grupo y haciendo sonar sus palmas, ordenó que salieran de la galería. La exposición ha terminado, dijo.

Casi de madrugada, salió la pareja.

–Me siento usado, Verónica, tan usado.

–Sí, pero no llores, gordo. Los hombres no lloran.

Carlos Oriel Wynter Melo nació en la ciudad de Panamá el 7 de agosto de 1971. Ingeniero Industrial por el Instituto Tecnológica y de Estudios Superiores de Occidente (Guadalajara, México). Profesor universitario. Ganador del Premio Nacional de Cuento "José María Sánchez" de la Universidad Tecnológica de Panamá.

Ha publicado en el periódico "El Occidente" (Guadalajara, México) y en la revista "Maga". Obra: *El escapista*, *Desnudo y otros cuentos* y *El escapista y demás fugas*.

CIERRA TUS OJOS

ROBERTO PÉREZ–FRANCO

Ella no esperaba algo así. Había visto cientos de chicas de su edad que se prostituían en las calles con los turistas italianos, dispuestas a acostarse por dinero o a casarse con cualquiera con tal de escapar de aquel infierno, sin mediar ningún sentimiento. «Allá ellas», se había dicho, «Yo no soy una jinetera». Así, siendo hermosa y joven, vivía con modestia de la mejor manera que su honestidad y rectitud le permitían en aquella ciudad convulsa.

El no esperaba algo así. Durante aquellos días de vacaciones, había visto cientos de hermosas chicas en Varadero: italianas, alemanas, españolas, chilenas... ¡De todas partes del mundo! Mujeres lujosamente vestidas en las cenas del restaurante del hotel y luego tranquilamente desvestidas en los bikinis diminutos sobre las arenas blancas y tibias de aquel pequeño paraíso. Su corazón, sin embargo, no se había movido por aquellas.

La mañana del 10 de abril se encontraron: ella caminaba de regreso a su casa, luego de sus clases en el Conservatorio, y él estaba frente a la Catedral gastando las fotografías del último rollo de película antes de abordar su avión esa tarde, de regreso a su patria.

Ella lo miró con disimulo. Parado temerariamente entre los turistas y una que otra paloma, apuntaba con su cámara fotográfica a la fachada del edificio, moviéndose hacia arriba y hacia abajo, buscando el mejor ángulo. Él mismo vestía como turista: shorts blancos, camiseta azul, zapatillas gringas y un sombrero de paja con una cinta de colores. Le pareció hermoso. Ella lo contempló largamente, con curiosidad al principio, luego con deseo, hasta que él terminó de tomar las fotografías y se dio vuelta hacia donde ella estaba parada.

Él la miró con asombro. Sus ojos negros lo miraron de frente durante un segundo, hasta que ella retiró la vista y comenzó a caminar hacia el mar. Ese segundo efímero bastó para que entrara por sus pupilas una descarga de energía. Vestía como cubana: un traje sencillo y largo hecho con tela de flores. Era muy hermosa. El la siguió de cerca durante muchas cuadras, dejando la vergüenza a un lado, estudiándola con la mirada persistente, con curiosidad primero, luego con deseo, hasta que ella se detuvo al llegar al Malecón –tal vez creyéndolo distante ya– y se dio vuelta hacia donde él venía caminando.

Al verse frente a frente los dos extraños, no supieron qué hacer. Tras unos segundos de indecisión silenciosa, aparecieron en sus rostros sendas sonrisas que pronto derivaron a risas y luego a carcajadas. Brotaron las disculpas, luego las palabras tiernas y finalmente la invitación a una caminata por el Malecón y un helado en Coppelia para conversar y conocerse.

«En mi tierra las playas no son tan bellas como éstas, pero son para nosotros», le había dicho él.

El océano azul del Malecón y el sabor de la fresa derritiéndose en la lengua tibia fueron propicios para el amor. El cielo inmenso se abría promisorio frente a los descoloridos edificios de La Habana. Las olas libres estallaban con furia contra las piedras prisioneras. Los sabores nuevos de las delicias vedadas seducían los sentidos. El corazón se abrió, y dio paso al anhelo de amor, libertad y alegría.

«Ella está hecha para mí», pensó él. «Él está hecho para mí», pensó ella. Todo era perfecto, excepto por la partida. La separación inminente empañaba el futuro. Se hicieron planes a largo plazo: él trabajaría en su patria durante un año entero y ahorraría el dinero suficiente para venir a buscarla, y llevarla con él a su tierra para iniciar una vida común.

Ella lo acompañó al aeropuerto José Martí. Entró con él hasta donde podía, y esperó pacientemente hasta el momento del abordaje. Intercambiaron miradas, abrazos y direcciones postales. Cuando llamaron por el altoparlante a los pasajeros de su vuelo, se acercó al oído de ella, y susurró:

–Cierra tus ojos.

Ella lo miró con picardía y, sonriendo, los cerró.

–Vendré por ti, amor mío. No lo dudes –dijo él tan quedo y tan cerca de su oreja que a ella se le erizaron los vellos de la nuca.

El avión partió y el amor quedó en suspenso. Con el paso de los días, comenzaron a llegar las cartas de parte y parte. Al principio eran largas y algo frías; luego se tornaron más apasionadas y cortas. En sus líneas se reforzaron las promesas de amor y se profundizaron las discusiones sobre los planes futuros.

Las ilusiones crecieron a medida que pasaban los meses. El trabajaba afanosamente, ahorraba con sacrificio y veía con satisfacción cuán poco faltaba para alcanzar la meta. Ella esperaba pacientemente, y se preparaba para empezar una nueva vida en una tierra nueva.

Llegó el 10 de abril del año siguiente, fecha pactada para el reencuentro. Ella lo esperó desde el amanecer en el aeropuerto, pero él nunca apareció. A media noche, se marchó.

Llegó a su apartamento y se tiró sobre la cama a pensar en las promesas de amor y los planes comunes. Pronto se quedó dormida por el cansancio. Entonces, cuando su mente vagaba entre el sueño y la vigilia, escuchó una suave voz en su oído:

–Cierra tus ojos.

Ella los abrió, sobresaltada, pero cedió ante la tentación de creer en el amor. Renegó de la realidad, y se entregó al sueño que la envolvía. Cerró sus ojos, y volvió a escuchar:

–He venido por ti, amor mío. Ven conmigo –dijo la voz tan quedo y tan cerca de su oreja que a ella se le erizaron los vellos de la nuca.

Sintió un abrazo tibio en torno a su cuerpo, y se dejó llevar.

Cuando amaneció, su madre la encontró muerta en la cama.

La semana siguiente, la madre de ella recibió una carta de la madre de él. La abrió ansiosa, y leyó la noticia: él había muerto el 10 de abril en un accidente automovilístico, camino al aeropuerto.

Roberto Pérez–Franco nació en Chitré, el 26 de abril de 1976. Licenciado en ingeniería electromecánica por la Universidad Tecnológica de Panamá. Ha ganado concursos nacionales de fotografía y publicado en la revista "Maga".

Cuentos: *Cuando florece el macano*, *Confesiones de un cautiverio* y *Cierra tus ojos*.

ÍNDICE

Presentación   5

Rogelio Sinán
>   *El reptil decapitado*   13

José María Sánchez
>   *Nada*   16

Ernesto Endara
>   *El mosquito*   21

Enrique Chuez
>   *Adiós Úrsula*   23

Justo Arroyo
>   *La ofrenda*   26

Rosa María Britton
La muerte tiene dos caras 31

Pedro Rivera
El juego 36

Dimas Lidio Pitty
La última lluvia 41

Bertalicia Peralta
*Ese loco sonámbulo triste nostálgico
y aterido deseo de vivir* 45

Moravia Ochoa López
El Señor Apuro 48

Enrique Jaramillo Levi
El parque 53
El observador 56

Rey Barría

Experiencia nocturna 57

Juan Antonio Gómez,

Los cómplice 58

Claudio de Castro

Le pedí al genio 60

Consuelo Tomás

El vestido cambiado 61

Yolanda J. Hackshaw M.

El nuevo paraíso 64

Félix Armando Quirós Tejeira

El legislador 67

Allen Patiño

La paloma 73

Ariel Barría Alvarado
Hola, Soledad 79

David C. Róbinson O
.   Los motivos de Castel 82

Bolívar Aparicio
La piedra del sacrificio 87

Aida Judith González Castrellón
Pájaro sin alas 91

Rogelio Guerra Ávila
Mentira 96

Carlos Oriel Wynter Melo
Hombre y mujer 99

Roberto Pérez–Franco
Cierra tus ojos 103